Wilhelm Theodor Hillen

Ueber das Schöne auf christlichem Standpunkte

Antigonos

Wilhelm Theodor Hillen

Ueber das Schöne auf christlichem Standpunkte

Unveränderter Nachdruck der Originalausgabe von 1877.

1. Auflage 2024 | ISBN: 978-3-38634-090-8

Antigonos Verlag ist ein Imprint der Outlook Verlagsgesellschaft mbH.

Verlag: Outlook Verlag GmbH, Zeilweg 44, 60439 Frankfurt, Deutschland, info@outlook-verlag.de
Vertretungsberechtigt: E. Roepke, Zeilweg 44, 60439 Frankfurt, Deutschland
Druck: Libri Plureos GmbH, Friedensallee 273, 22763 Hamburg, Deutschland

Neunundvierzigster Jahresbericht

über das

Königliche Gymnasium

Nepomucenianum

zu

COESFELD

im Schuljahre 1876—77,

womit

zu der öffentlichen Prüfung der Schüler

am Vormittage des 26. März

und zu der

am Nachmittage des 26. März stattfindenden

Entlassung der Abiturienten

ehrerbietigst einladet

der Director des Gymnasiums

Dr. Fr. Jos. Scherer.

Vorausgeht: Ueber das Schöne auf christlichem Standpunkte. Von dem Oberlehrer
Dr. th. & ph. **Hillen.**

1877. Progr. Nr. 288.

Buchdruckerei von H. Wittneven & von der Lohe in Coesfeld.

Ueber das Schöne auf christlichem Standpunkte.

Einleitung.

Ulrici sagt irgendwo mit Recht, daß nur auf dem Boden der Psychologie die großartigen wissenschaftlichen Kämpfe der Gegenwart ihre endliche Entscheidung finden werden. Dieses Wort ist auch in dem Sinne wahr, daß nur dann die Resultate der Wissenschaft uns wahrhaft befriedigen können, wenn sie mit den nothwendigen und unabweisbaren Forderungen unserer inneren geistigen Natur, mit den nothwendigen Ideen unseres Selbstbewußtseins übereinstimmen und zwar bei der Einheit des Geistes nicht bloß scheinbar mit der einen oder andern, sondern mit allen zugleich. Ist ja das eigene Selbstbewußtsein der letzte Haltpunkt für alle Wahrheit und für die Befriedigung unserer geistigen Bedürfnisse und damit die letzte und tiefste Quelle aller Zufriedenheit und Seligkeit, worauf zuletzt alles Streben und Ringen des Geistes hinausläuft. Daher wird nur diejenige Weltanschauung die richtige sein können, welche allen Ideen unseres Geistes zugleich Genüge leistet. Daß unter diesen Ideen aber die des Wahren, Schönen und Guten den ersten Platz einnehmen, bekennt jedes philosophische System, welcher Art es auch sein mag, praktisch durch die besondere Berücksichtigung, die es denselben zu Theil werden läßt, bekundet im gewöhnlichen Leben der gemeine Mann, wie der Gebildete. Selbst der Materialismus gesteht, daß die Wahrheit, „mag sie so oder anders erscheinen," der nothwendige Gegenstand des menschlichen Strebens ist; schon dem kleinen Kinde ist nichts mehr zuwider, als Täuschung und Trug. Wie ferner der Wilde seinen Leib mit Blumen und Federn schmückt, so sucht der Gebildete in allem Reden und Handeln die passend schöne Form, und wie endlich die menschliche Natur selbst überall nach dem Guten strebt und vor dem Schlechten zurückbebt, so sagt schon Cicero in dieser Hinsicht von der Philosophen: Quis est enim, qui nullis officii praeceptis tradendis philosophum se audeat dicere? (Cic. de off. I. 2).*) Weil aber die menschliche Natur eine einzige und einheitliche ist, deßhalb kann auch keine reale Trennung dieser drei Ideen von einander bestehen, höchstens von einer formalen Verschiedenheit derselben von einander die Rede sein; noch viel weniger ist ein Widerspruch derselben in der Art gedenkbar, daß etwa die Lüge zum Schönen, das sittlich Gute zum Häßlichen für ihn werde, obgleich nicht jedes Wahre darum auch schön und gut zu sein braucht.

Wenn sich nun aber in allen drei Ideen zugleich und nur in ihnen die höhere Seite der menschlichen Natur (gleichgültig vorläufig, wie diese im Näheren aufzufassen ist,) ausspricht, so folgt auch, daß nur in der vollständigen Befriedigung der diesen drei Ideen entsprechenden Bedürfnisse und zwar jedes einzelnen für sich und in ihrer harmonischen Verbindung mit einander die Zufriedenheit und Glückseligkeit des Menschen, worauf sein allgemeinstes Streben gerichtet ist, bestehen kann.

---

*) Wie es übrigens mit dem Materialismus in Bezug auf diese Totalauffassung der Menschennatur steht, das zeigt Vaihinger (Hartmann, Dühring und Lange. S. 75) an Dühring, wenn er sagt: „Charakteristisch für die ausschließliche Verstandesrichtung Dührings (des Materialisten), die alles Unklare, Mystische, aber auch allen Einfluß des Gemüths und Gefühls bei Seite setzt und ein kühles **nil admirari** einschließt, ist der Satz, daß „nur ein unbegrenzter Gebrauch der Verstandesbegriffe die Schutzwehr der Intelligenz gegen die Täuschungen des Gemüths und die Unterdrückungen von Seiten des Gefühles bilde.""

Daher controlliren sich denn auch alle drei Ideen gegenseitig und wird jeder Widerspruch der einen gegen die andern ein Zeugniß für die unrichtige Fassung der einen oder andern oder aller drei zugleich sein. Deßhalb kann auch nur diejenige Weltanschauung die richtige sein, in welcher allen drei zugleich, somit allen Bedürfnissen der menschlichen Natur Genüge geschieht, so daß also eine Vernunftauffassung der Natur unmöglich die richtige sein kann, die mit den Forderungen des Herzens und den sittlichen Aussprüchen des Gewissens im Widerspruch steht. Es ist allerdings wahr, daß Klarheit der Verstandes- und Vernunfterkenntnisse das eigentliche Licht des Geistes bilden; aber dieses Licht ist an sich kalt, und erst aus dem Herzen, dadurch daß dessen Anforderungen befriedigt werden, fließt demselben Wärme und Leben zu, wie auch der Wille den Anforderungen des Sittengesetzes um so bereitwilliger nachkommt, in je schönerer und einladenderer Form ihm dieselben entgegentreten.

Der Mensch tritt nun bei seiner Geburt in eine objectiv fertige, von ihm unabhängige Welt und Weltordnung ein; an ihr kann er nicht ändern. Sein richtiges subjectives Verhältniß zu derselben soll er dagegen selbst gestalten, und dazu trägt er gleichsam als Leitsterne das Bedürfniß nach dem Wahren, Schönen und Guten in sich. Daher stehen dieses Bedürfniß und die objective Weltanschauung in dem Verhältnisse zu einander, daß, gehen wir 1) von einer psychologischen Untersuchung der Ideen des Wahren, Schönen und Guten aus, unsere subjective Weltanschauung sich nach dem Resultate dieser Untersuchung modificiren wird, gehen wir dagegen 2) von einer fertigen objectiven Weltanschauung aus, auch die Fassung dieser Ideen selbst sich darnach verschieden gestalten muß. Indem nun die Idee des Schönen Gegenstand der gegenwärtigen Untersuchung ist, wollen wir, so weit es möglich ist, beide Wege mit einander zu verbinden suchen und fragen wir daher, wie das Schöne aufzufassen ist 1. im Systeme des Monismus und zwar a) auf dem Boden des Materialismus, b) auf dem des Idealismus, II. im System des Dualismus und zwar a) im Rationalismus, d. h. auf dem bloßen Boden der Philosophie, b) im Suprarationalismus des Christenthums. Dabei ist dann darauf zu sehen, was das Herz des Menschen zu dem jedesmaligen Begriff des Schönen sagt. Zur Rechtfertigung der letzteren Unterscheidung und zugleich zur Charakterisirung unseres Standpunktes möge die folgende Bemerkung dienen. Liegen die drei Ideen des Wahren, Schönen und Guten unverwüstlich in der menschlichen Natur begründet und entsprechen ihnen auf dem natürlichen Boden die Metaphysik, Aesthetik und Ethik, und gibt es dann, was hier vorausgesetzt wird, eine wahrhaft übernatürliche Ordnung, die sich, obgleich wesentlich von der natürlichen verschieden, darnach auf der Grundlage der letzteren auferbaut, so muß es auch, wie der Metaphysik das christliche Dogma, der philosophischen Ethik die christliche entspricht, eine der natürlichen entsprechende christliche Aesthetik geben.

I. Das Schöne auf dem Boden des Monismus.
a. Der Materialismus.

Alle objective Wahrheit beruht nach dem System des Materialismus auf der Ewigkeit der Materie und ihrer Kräfte, resp. auf dem Zusammentreffen der Atome zur selbständigen Bildung der Körperwelt, deren höchstes Product die Sinnenwelt, insbesondere der Mensch ist, bei dem das Gehirn ebenso mechanisch die Gedanken absondert, wie die Leber die Galle. Spiegelt sich nun die Außenwelt in den Sinnen ab, so kann die subjective Wahrheit nur in der Erkenntniß der sinnenfälligen Außenwelt und in der Combination mehrerer solcher Erkenntnißacte bestehen. Der alte Grundsatz: Nihil est in intellectu, quod non prius fuerit in sensu, den schon Leibnitz durch den Zusatz corrigirt hat: praeter intellectum solum, gilt hier im engsten und exclusivsten Sinne des Wortes. Die Sinneswahrnehmungen sind die unmittelbaren Wahrheiten. „Mittelbare Gesammtwahrnehmungen, Wahrheiten (mittelbare Gedanken) erhält man von selbst derart und dadurch, daß aus den unmittelbaren Wahrheiten weitere Wahrheiten nothwendig hervorgehen, respective mit den unmittelbaren von selbst gegeben sind.“ Nach dieser Anschauung entwickelt Löwenthal (System des Materialis S. 58) seine „Grundlage der Aesthetik oder Geschmackslehre.“ „Körperlich schön ist Alles, was einen sein harmonischen Formencomplex bildet. Begrifflich schön ist Alles, was als sein harmonische Aeußerung eines Naturwesens erscheint. Dieses begrifflich Schöne nennt man auch moralisch schön, das Schöne oder sein Harmonische fällt harmonisch ins Auge, — berührt dieses entsprechend, — gefällt.“

Aeußerlich und oberflächlich wird jeder auf den ersten Blick diese Definition des Schönen finden, obgleich man zugeben muß, daß der Materialismus, der nur die Atome und deren Gesetze kennt, dagegen von der Selbständigkeit und den tieferen Bedürfnissen des über alle Materie erhabenen Geistes nichts wissen will, zu einer tieferen Definition und zu einer solchen, die den Menschen selbst zum Schönen in ein inniges Verhältniß setzt, wie unser Herz in seinem Schönheitsbedürfniß es fordert, nicht gelangen kann. Es ist wahr, daß alle Harmonie dem Auge gefällt, wie ihm umgekehrt alle Disharmonie mißfällt; wenn aber ein solcher harmonischer Formencomplex wohl einmal schön genannt wird, so geschieht es nur in der allergewöhnlichsten und niedrigsten Bedeutung des Wortes. Sicher ist es etwas ganz Anderes, was wir beim Anblick eines herrlichen Gemäldes, einer entzückenden Gegend anstaunen und was alsdann jene tiefe Ergriffenheit in uns hervorruft, als der bloße harmonische Formencomplex. Der höhere Geist vielmehr, der aus dem Ganzen zu uns spricht, ist es, der uns fesselt, weil unser Geist etwas Verwandtes darin findet; die Idee, welche durch die Form ausgedrückt ist und der die Form selbst entspricht, gefällt uns. Was ferner das moralisch Schöne, welches sich doch wohl auf das Handeln der Menschen zu beziehen hat, nach dieser Definition betrifft, so kann auch in den gemeinen Kniffen und Ränken des abgefeimtesten Bösewichtes, sowohl derselben unter sich, als auch mit der verkommenen Persönlichkeit eine harmonische Aeußerung liegen; aber niemand wird darum hier von moralischer Schönheit sprechen.

Ferner ist nach dieser Definition die Wahrnehmung des Schönen von den Sinneseindrücken nicht qualitativ entschieden; dabei betonen wir wieder, daß der Materialismus keine andere Definition geben kann. Dann muß aber auch das Thier bis zum Genusse des Schönen gelangen können, indem auch ihm von dem „harmonischen Formencomplex" gerade so viel und so wenig in die Augen und Ohren fällt, als dem Menschen, ja die Sinne des Thieres noch vielfach schärfer sind, als die des Menschen. Weil aber das Thier factisch gleichgültig am Schönen vorbeigeht, ja manches, was uns schön erscheint, ihm für seine Sinneswahrnehmung widerlich ist, so folgt, 1) daß ein Unterschied zwischen dem sinnlich Angenehmen und dem Schönen bestehen muß, 2) daß nicht der bloße Sinn es ist, der das Schöne auffaßt, sondern ein hinter dem Sinne liegendes, höheres Vermögen. Sind es nämlich in der That auch die höheren Sinne des Gefühles und Gehöres, mit deren Hülfe wir zum Genusse des Schönen gelangen, so bieten sie uns doch diesen Genuß nicht selbst direct und unmittelbar dar. Mit dem Gesichtssinn nehmen wir nur Ausdehnung, Form und Farbe, mit dem Gehörsinn nur Töne und deren Länge und Kürze, Höhe und Tiefe wahr. Die combinirende Einbildungskraft vervollkommnet und ergänzt alsdann die wahrgenommenen Sinnenbilder zu einem Ganzen, die Phantasie verbindet und trennt und schafft so neue Bilder. Diese Combination und einheitliche Erfassung der Vorstellungen, sowie die Schöpfung neuer Vorstellungen kann nur dann zu Stande kommen, wenn sich das vorstellende Subject selbst als Einheit im strengen Sinne, d. i. als beharrliches Substrat und causales Prinzip seiner Erscheinungen, d. h. als geistiges, über allen Naturvorstellungen stehendes Ich findet, m. a. W. nur der von der Materie verschiedene Geist kann zum Schönen gelangen. Aber mit alle dem stehen wir noch immer auf dem Boden des kalten Erkennens, nicht im Genusse der Schönheit; dieser tritt vielmehr erst nach diesen Erkenntnißoperationen ein oder er lehnt sich unter bestimmten Bedingungen an dieselben an, und nur da, wo diese vorhanden sind, sprechen wir vom Schönen. Denn dieses ist bei weitem nicht immer der Fall. Es können alle äußeren Bedingungen der Harmonie gegeben sein, ohne daß deßhalb der Genuß des Schönen eintritt. Erblicke ich das noch so vollendete Bild eines Nero, so wird der vielleicht auch auf dem Bilde selbst ausgeführte oder doch angedeutete Gedanke an die Grausamkeit des Tyrannen hier einen wahren Genuß des Schönen nicht zulassen, das Herz wird sich vielmehr abgestoßen fühlen, ein Beweis, daß nicht die äußere Delineation und Farbe allein die eigentliche Schönheit ausmacht, sondern daß es hierbei wenigstens ebenso sehr auf die zu Grunde liegende Idee ankommt. Ebenso ist beim Anblick einer romantischen Landschaft, beim Anhören einer reizenden Musik unser Inneres sich bewußt, über die bloße Sinneswahrnehmung hinauszugehen: es fühlt, daß hier ein Uebergewicht der Form über den bloßen Stoff stattfindet. Deßhalb findet hier der Geist etwas Freies, sich selbst Verwandtes und fühlt sich dahin gezogen. Die vollendete Schönheit eines Kunstwerkes, sagt Esser (Psychologie S. 201) besteht weder in der bloß regel- und kunstgerechten Durchführung aller seiner Theile, noch in der bloß harmonischen Uebereinstimmung aller einzelnen Theile zu einem Ganzen, sondern es wird vom schönen Kunstwerk verlangt, daß es der Ausdruck eines Lebendigen sei, welches in seiner größten Vollkommenheit geschaut, uns selbst in die lebendigste rückwirkende Thätigkeit zu setzen vermag. Daher ist auch der Tod an sich nicht Gegenstand der bildenden Kunst.

Alles Gefallen und Mißfallen, welches durch Eindrücke der Außenwelt in uns hervorgerufen wird, ist doppelter Art, entweder ein bloß sinnliches, ein bloßer Sinnenkitzel, eine angenehme Affection der niederen Seite unseres Wesens, dasselbe Gefühl, welches, wenn auch in geringerem Grade, beim Thiere sich findet — weiter kann das ästhetische Gefallen des Materialisten nach seinen Prinzipien nicht gehen — oder es tritt ein reines, uninteressirtes Wohlgefallen in uns hervor nicht an der Materie, sondern an der Form, es tritt hervor nicht in der Sinnlichkeit, sondern im Geiste selbst, und das ist offenbar nur beim Menschen möglich, aber auch ein Beweis für das Dasein der höheren, geistigen Natur des Menschen, das ästhetische Wohlgefallen oder das Gefallen des Schönen. Die Verschiedenheit beider Arten des Gefallens zeigen uns Ovid und Homer. Wenn ersterer (amor. 1, 5, 9 ff.) seine Corinna beschreibt, so geschieht es mit der Trunkenheit eines Wüstlings und bei seiner Schilderung ist es nur auf die Erregung sinnlicher Lüsternheit abgesehen; wenn aber die Helena des Homer (Il. 3, 150 ff.), wo sie in die Versammlung der Aeltesten des trojanischen Volkes tritt, auf die ehrwürdigen Greise einen solchen Eindruck macht, daß sie sie werth halten des Krieges, der so viel Blut und Thränen kostet, so ist das Gefühl der Lüsternheit ausgeschlossen und es waren andere Gefühle vorhanden, von denen aus auf wahre Schönheit geschlossen werden muß. Man vergleiche ferner den Sinnenkitzel der Musik im aufregenden Ballet und die feierlich erhabene Musik im Oratorium und man wird sich des Unterschiedes beider Arten des Gefallens, damit aber auch der Unterscheidung beider Theile der dualistischen Menschennatur, sowie des wahren Wesens des Schönen, das bloß in der höheren Natur des Geistes begründet liegt, bewußt werden. Führt der Sinnenreiz zum sinnlichen Genuß und zur Sünde, so führt die wahre Schönheit zum überweltlichen Schönen, zu Gott und zum Guten. So fühlt also der Mensch im Genuß des Schönen seine Erhabenheit über alle Sinneseindrücke, seine wahre Menschenwürde, das Gegentheil von dem, was der Materialismus will.

Folgen wir jetzt dem Materialismus auf das Gebiet der Natur und der Kunst und betrachten wir seine praktische Auffassung des Schönen. Es ist Thatsache, daß wir uns als Menschen zur Natur hingezogen fühlen. Der Frühling mit seinem frischen Grün, mit seinen Blumen und seinem Vogelgesang, der Sommer mit seinen reifenden Aehren, der Herbst mit seinen goldenen Früchten, selbst die Erscheinungen des Winters mit Eis, Schnee und Reif, Gebirge, Flüsse und Wälder, der gestirnte Himmel ziehen uns unwillkürlich durch ihre Schönheit an. Der Materialist dagegen kann bei dem beständigen Entstehen und Vergehen der einzelnen Naturgebilde und bei dem Gedanken, daß auch er selbst diesem Wechsel bald anheimgegeben sein wird, nur Schauder und Zittern empfinden; die Natur kann ihm nur als Ungeheuer erscheinen, das, mit glänzendem Flitter ausgestattet, stets seine eigenen Geburten wieder verschlingt, und die zufällige Farbenschönheit der einzelnen Gebilde muß diesen Gedanken nothwendig noch steigern. Daher tritt denn hier einerseits die dämonische Seite der Natur (vgl. Göthes Erlkönig und Fischer), andererseits jene weinerliche und sentimentale Stimmung bei den Weltschmerzdichtern unserer Zeit so lebendig hervor. Will dagegen der Materialismus auf den ewigen Formenwechsel in der Natur, wie es Moleschott thut,*) hinweisen, um diesen selbst zur Poesie zu gestalten, so ist, auch abgesehen davon, was das menschliche Herz zu einer solchen Poesie sagt, zu bemerken, daß nicht der Formenwechsel der Materie selbst es ist, der uns anspricht, sondern das in den einzelnen Gebilden ruhende Leben, in dem wir eine Aehnlichkeit mit unserem Geiste und ein Gebilde des göttlichen Geistes finden, ist es, was uns in der Natur anspricht. Aber selbst auch die Stimmung der Vergänglichkeit in der Natur ruft edlere und höhere Gefühle hervor, als jene sentimentale Wehmuth, wie wir nachher nachweisen werden. Sollte endlich wohl eine so innige, kindliche

---

*) „Ist es denn unpoetisch, sagt Moleschott, wenn unsere stofflichen Verrichtungen unmittelbar geadelt sind, weil auch an der allerunscheinbarsten geistige Regung und Bewegung hängt? Ist es nicht dichterischer, wenn man im Stoffwechsel eine ewige Macht der Verjüngung, eine immer fließende Quelle jugendlich kräftigen Lebens sieht? Sieht man nicht den Stoff in immerwährender Bewegung, aus Kohlensäure und Wasser, aus Dammsäure, Ammoniak und Salzen Blumen und Früchte auf dem Grabe gedeihen, woraus schwellendes Leben auf Triften und Fluren, eine neue Gedankenmacht in menschlichen Hirnen erwachsen? .... Es ist Tod in dem Leben und Leben in dem Tode. Dieser Tod ist kein schwarzer, schreckender; denn in der Luft und im Wasser schweben und ruhen die ewig schwellenden Keime der Blüthe. Wer den Tod in diesem Zusammenhang kennt, der hat des Lebens unerschöpfliche Triebkraft erfaßt und mit ihr die ganze Fülle der menschlichen Dichtung, die unwandelbar ruht auf der Marmorsäule der Wahrheit.“ Vgl. die Zeitschrift Katholik. Jahrg. 32, S. 391. Es sei erlaubt zu erinnern an Horaz Ars poet. v. 5.

Hingabe an die Natur, ein so freudiger Umgang mit der Natur, wie ihn das Thierepos in unserer vaterländischen Literatur voraussetzt und wie wir ihn in noch höherem Grade bei den Heiligen finden, auf dem Boden des zersetzenden, atomistischen Materialismus möglich sein?

Die ganze mögliche Naturpoesie des Materialismus enthält schon das Lehrgedicht des alten Römers Lucrez „Ueber die Natur der Dinge." Derselbe gibt nach Anrufung der alles Leben schaffenden Venus sein Thema mit den Worten an:

> „Denn dir erklären von Himmel und Göttern das innerste Wesen
> Will ich und offenbaren die Grundelemente der Dinge,
> Woher jegliches Ding die Natur schafft, wehret und nähret,
> Worin wieder dieselbe Natur das Gestorbene auflöst,
> Was wir bei der Erklärung der Dinge als Stoff zu bezeichnen
> Pflegen und zeugende Körper und Samen der Dinge; dasselbe
> Nennen wir auch Urkörper, weil daraus alles zuerst wird."

Es gibt nur Atome und einen leeren Raum (I, 419 ff.):

> „Also besteht die gesammte Natur, wie sie da ist, im Grunde
> Nur aus zweierlei Dingen: denn Körper nur giebt's und ein Leeres,
> Wo sich diese befinden und hierhin und dorthin bewegen."

Auch der Mensch besteht nur aus Atomen; Religion und Tugend sind Gebilde des Wahnes. Vgl. lib. 5, v. 64 ff.

> „Jetzt hat dahin geführt mich die Ordnung und Folge der Lehre,
> Daß zu erbringen mir bleibt der Nachweis, daß auch das Weltall
> Nur aus sterblichem Körper besteht und von selber entstanden;
> Ferner auf welcherlei Art das Zusammentreffen des Grundstoffs
> Erd' und Himmel und Meer und Stern' und Sonne gegründet
> Nebst dem Kreise des Mondes; dann welche beseelte Geschöpfe
> Aus der Erde entstanden und welche sich nimmer gebildet;
> Drauf, wie das Menschengeschlecht anfing, im Verkehr zu gebrauchen
> Mannigfaltige Rede vermittelst der Dinge Benennung;
> Wie sich sodann in die Herzen geschlichen die Furcht vor den Göttern,
> Die in der Länder Bezirk als Heiligthümer betrachtet
> Tempel und Seen und Hain' und Altär' und Bilder der Götter.

Das Urtheil des Quintus und Marcus Cicero (ad Qu. fr. 2. 11. Lucretii poëmata ut scribis, ita sunt, non multis luminibus ingenii, multae tamen artis) über das Gedicht des Lucrez, daß dasselbe zwar viel Kunst zeige, aber nicht viele eigentlich poetische Glanzstellen aufzuweisen haben, ist das nothwendige Urtheil über die Naturpoesie des Materialismus überhaupt.

Betrachten wir nun den Materialismus auf dem Gebiete der schönen Kunst überhaupt, so gilt hier insbesondere das Wort der heiligen Schrift: An ihren Früchten werdet ihr sie erkennen. Wo kein selbständiger Geist mit seinen Ideen anerkannt wird, wo alles auf bloßen äußeren Sinneseindrücken und höchstens auf einer Combination derselben beruht, da kann von idealen Darstellungen wie die schöne Kunst sie will, keine Rede sein, sondern der nackte Realismus muß alles beherrschen.*) Woran soll sich denn auch, um an die Poesie wieder anzuknüpfen, diese begeistern können, wenn aller höhere Inhalt aus dem Leben und aus der Wissenschaft verschwunden ist? In der That den idealen Schwung eines Schiller, die Universalität eines Göthe, die vollendete Formschönheit eines Platen, die Kraft der Romantik sucht man bei den materialistisch gesinnten Dichtern des sogenannten jungen Deutschlands vergebens. Nur der wild sprudelnde, alles Höhere in den Staub ziehende Geist eines Heine ist hier zu finden, der, bald von der reinen Menschennatur nach oben gezogen, das Große und Erhabene bewundert, um gleich darauf in den Staub zu ziehen, was er soeben anstaunte. Dem Drama erübrigt gegenwärtig nur der Sinnenreiz des Ballets. Denn wo keine großen Ideen, wo nichts Uebersinnliches mehr das Leben bewegt, da muß man zur nackten Sinnlichkeit seine Zuflucht nehmen. Was hat ferner der Materialismus auf dem Gebiete der bildenden Künste erreicht? Ist es ihm gelungen, zu einem eigenen Stil zu gelangen? Das ägyptische Alterthum, das griechische, das römische hat seinen eigenen Stil, einen Stil hat das Christenthum auf allen Gebieten der schönen Kunst; selbst das spanische Maurenthum hat seinen eigenen Stil. Nur der Materialismus hat keinen, weder in der Architectur noch sonst in irgend einem Kunstzweige. Er borgt meistens den Renaissancestil, weil die=

---

*) Vgl. Jbach, die geistige und materielle Unfruchtbarkeit des modernen Unglaubens. Münster 1870.

ser mit ihm auf gleichem Boden erwachsen ist und der Zügellosigkeit des Geistes und der Phantasie den weitesten Spielraum bietet. Außerdem liebt er, wenn ich nicht irre, den auf üppig sinnlichem Boden erwachsenen maurischen Stil. Hören wir auf dem Gebiete der Plastik und Malerei den Altmeister des Materialismus, Karl Vogt. „So lange diese Maler Christen waren, so läßt er sich aus über die früheren Werke Raphaels und Michel Angelos, kein erträgliches Bild: Langeweile, Aengstlichkeit, kurz die christliche Demuth klebte ihnen an. Erst als sie Heiden wurden, waren sie, was sie immer bleiben werden. Die christliche Kunst ist nichts Anderes, als die Darstellung verzerrter Züge, welche der Glaube dem rein Menschlichen aufdrückt, nichts als die Verhäßlichung des menschlichen Ideals .... Der geistliche Typus liegt in der Unterdrückung des Sinnlichen, welches den Menschen schön macht. Das Christenthum ist der lebendige Gegensatz aller Kunst, da sein Zweck ist alles Sinnliche zu tödten." Solche Ausdrücke über die christliche Kunst können bei dem Gelehrten nicht befremden, der sein eigenes Ideal der Kunst da entwickelt, wo er einem Freunde den Vorschlag macht, der Transfiguration Raphaels ein Bild gegenüberzustellen, auf welchem die Stelle Christi ein Rizostom mit zwei anderen Raubthieren einnimmt; verschiedene See- und Muschelthiere umgeben diese Parodie der Dreifaltigkeit, um die stufenweise Verklärung der Materie darzustellen; scheußliches Meergewürm deckt den Boden, dunkle, plumpe Mollusken stehen im Vordergrunde und verhöhnen durch ihre emporgehobene Haltung die Himmelssehnsucht der Christen.*) Im Grunde genommen kann Vogt auf seinem Standpunkte nicht anders über Kunst und Schönheit urtheilen, als er es hier thut. Zu jedem Kunstwerke gehört nämlich 1) eine Naturvorstellung, d. i. eine sinnliche Vorstellung; 2) eine geistige Vorstellung, d. i. eine Idee der Vernunft, 3) eine gegenseitige Durchdringung dieser beiden Stücke, so daß entweder übersinnliche Ideen, wie Weisheit, Seelengröße, Gottergebenheit, in edlen, entsprechenden Menschengestalten versinnlicht werden oder sinnliche Gegenstände durch solche Ideen vergeistigt werden, weßhalb auch die Kunst nur im dualistischen Menschen möglich ist.**) Nun geht aber Vogt diese höhere Ideenwelt, insbesondere die christliche Gedankenwelt ab; daher fehlt ihm auch 1) der Sinn für eine solche Schönheit und 2) kann er sein Ideal nur auf den Boden der reinen Materie finden.

Um nun mit dem Materialismus zu schließen, wollen wir ihm bei seiner allseitigen Unfruchtbarkeit auf dem Gebiete des Schönen noch eins zu bedenken geben. Das Reich der Ideen und Ideale, mag es rühren, woher es will, liegt nun einmal mit seiner Verwirklichung in der Kunst in der Menschheit begründet; die Geschichte bezeugt es hinlänglich. Hat sich nun nach der Anschauung des Materialismus die Menschheit von der ursprünglichen thierischen Rohheit aus stufenweise bis zur Erfassung und Verwirklichung der Ideale in Kunst und Wissenschaft emporgeschwungen, und findet gegenwärtig, wo er doch eigentlich zu seiner Blüte und zum Bewußtsein seiner selbst gekommen ist, ein sichtlicher Rückschritt auf den edlern Gebieten statt: muß es ihm da nicht angst und bange werden, es möchte die Menschheit von ihrer hohen Culturstufe wieder herabsinken und so im Rückzuge begriffen ihre Enkel sich wieder endlich mit den ursprünglichen Affenahnen auf derselben Culturstufe wiederfinden?

Trägt nun die Menschheit, wie oben gezeigt ist, ein Bedürfniß nach dem Schönen in sich, und ist der Materialismus nicht im Stande, dasselbe zu befriedigen, so folgt von selbst, was vom Materialismus zu halten ist.

b. Der Idealismus.

Während nach der Anschauung des Materialismus die ganze Innenwelt das bloße Produkt der Sinneseindrücke, also der Außenwelt ist, ist umgekehrt nach dem System des Idealismus alle Außenwelt das bloße Produkt, die bloße Vorstellung der Innenwelt, zu deren Hervorbringung höchstens ein in seinen Qualitäten unbekanntes, objectives Etwas die Veranlassung gibt, wie Kant, der Urheber dieses Systems, ja nur ein unbekanntes äußeres Object anerkennt. Wie nun überhaupt gegenwärtig die deutsche Philosophie, nachdem sie alle Stadien bis zur äußersten Linken des Hegelianismus durchlaufen, wieder in rückgängiger Bewegung zu Kant begriffen ist, so ist insbesondere Lange der Vertreter und weitere Ausbildner des Kantischen Idealismus, weßhalb wir Langes Anschauungen, Vaihingers Darstellung folgend, hier in der Kürze mittheilen.

Die neuere naturwissenschaftliche Sinnesphysiologie, bemerkt Lange, macht es wahrscheinlich,

---

*) Vgl. Haffner, der Materialismus. S. 224 f.
**) „Dein Wissen theilest du mit vorgezogenen Geistern, die Kunst, o Mensch, hast du allein." Schiller.

daß unsere ganze Erfahrung von unserer geistigen Organisation derartig bedingt ist, daß es dem Denken nicht möglich ist, zur Realität zu gelangen. Da nämlich die Qualität unserer Sinneswahrnehmungen von der Beschaffenheit unserer Organe abhängig ist, so kann man die Ansicht, daß selbst der ganze Zusammenhang, in den wir unsere Sinneswahrnehmungen bringen, rein subjectiv sei, durchaus nicht von sich weisen. Ja jeder Versuch, durch innere oder äußere Erfahrung zur Realität zu gelangen, führt uns nur immer tiefer in unsere Subjectivität hinein, anstatt über sie hinaus zur Objectivität zu führen. Was über die Erfahrung und den negativen Begriff des „Dinges an sich" hinausgeht, ist Dichtung. Das Resultat der Sinnesphysiologie ist also, daß wir nicht äußere Gegenstände wahrnehmen, sondern erst selbst die Erscheinungen von solchen hervorbringen in Folge der Affection von jenseitigen Gegenständen. Farben, Klänge, Gerüche u. s. w. kommen nicht den Dingen an sich zu, sondern sind subjective Interpretationen von Vorgängen, deren Ursache uns unbekannt bleibt.

Auch die Vernunftideen (Freiheit, Verantwortlichkeit, Unsterblichkeit, Einheit des Wahren, Schönen und Guten, Zweckmäßigkeit im Kosmos, Gott, Schöpfung und Erhaltung und Regierung der Welt durch Gott) und vollends diese haben absolut keinen objectiven Werth, sie sind nur der Ausdruck der in unserer vernünftigen Organisation liegenden Einheitsbestrebungen. Sie haben nur dann Werth, wenn sie Verzicht leisten auf Geltung im Gebiete des auf die Außenwelt gerichteten Erkennens. Vgl. Vaih. S. 155—166.

So wenig wir uns indessen durch das theoretische Zugeständniß, daß die ganze Außenwelt nur äußere Vorstellung sei, in der praktischen Beziehung zu der letzteren stören lassen, so wenig verlieren unsere Ideale, trotzdem wir das theoretische Zugeständniß ihrer bloßen Subjectivität machen, an praktischer und sittlicher Bedeutung.

Die Metaphysik als „Kritik der Begriffe" kann nur das negative Resultat geben, daß Erkenntniß unmöglich ist. Dennoch gibt es im Menschen einen metaphysischen Trieb; er bedarf der Ergänzung der Wirklichkeit durch eine von ihm selbst geschaffene Ideenwelt. So haben wir die Antinomie, daß Metaphysik unmöglich und auf der andern Seite unentbehrlich ist. Dieselbe löst sich dadurch, daß die Metaphysik eine Dichtung mit Begriffen und in Begriffen ist und nie zur Wahrheit führen kann, und sie beruht als Dichtung auf dem synthetischen Drang der Seele, der als Einheitsdrang in Poesie, Kunst und Religion schöpferisch thätig ist. Diese schöpferische Gestaltungskraft des Menschen ist der in allem wirkende Trieb, das gegebene Mannigfaltige zur Einheit zu bringen und Harmonie in den Erscheinungen zu schaffen. Derselbe ist schon in den Sinneserscheinungen und in der Logik wirksam; aber er erweitert sich zum Freiheitsdrang der Phantasie, der in der Dichtung der Poesie den Boden der Wirklichkeit ganz verläßt, den er in der Dichtung der Metaphysik noch streifen muß. So ist die Metaphysik im Gegensatz zur Dichtung und Kunst, welche die Wirklichkeit mit genialer Willkür frei umdichtet, ein unruhiges Oscilliren zwischen der Wirklichkeit, an die sie sich doch anschließen muß und mit der sich der Menschengeist niemals befriedigen kann, und zwischen der Idealwelt, die aber an jedem Punkte der Wirklichkeit nicht nur nicht zu entsprechen, sondern geradezu schroff zu widersprechen droht. Vgl. l. l. S. 105 f.

Denn wie steht es mit der Wirklichkeit in der äußern Natur? „Die bisherige Teleologie nahm an, daß die Natur nach Analogie des menschlichen Vernunftgebrauches zweckmäßig verfahre; heutzutage ist festgestellt, daß ihr Verfahren mit menschlicher Zweckmäßigkeit keine Aehnlichkeit hat. Ihre Mittel sind die niedrigsten, welche wir kennen. — Den Untergang der Lebenskeime, das Fehlschlagen des Begonnenen ist die Regel und die sogenannte naturgemäße Entwickelung ist auch in der Natur ein Specialfall unter Tausenden." Vgl. S. 113.

Ist auch das Weltbild, das die Sinne uns geben, nach dem uns innewohnenden Weltbilde geformt, so entsteht doch der Pessimismus durch den Contrast der Welt der Wirklichkeit gegenüber den freien, idealen Schöpfungen der Seele; im Vergleich mit diesen erscheint jene unharmonisch und voll Widerwärtigkeiten. Der Optimist rühmt die Harmonie, die er selbst in die Welt hineingetragen; der Pessimist hat dem gegenüber in tausend Fällen Recht. Aber auch der Pessimismus ist so die Geburt des Contrastes. Beide, Optimismus und Pessimismus, sind nur willkürliche und zufällige Ansichten der Menschen. Es liegt an mir, ob ich in der Natur vorwiegend das Unvollkommene, Unzweckmäßige, Schlechte sehe, oder ob ich meine Idee des Schönen und der Zweckmäßigkeit in sie hineintrage. „Wenn ich in der Natur beim Anblick des Schönen verweile, um mich zu erbauen, so mache ich mir die Natur zu meiner Idee des Guten und Schönen. Ich übersehe — absichtlich oder unwillkürlich — den dürren Fleck auf dem Blumenkelch oder den Raupenfraß an den Blättern." Das Dogma von der Einheit des Wahren, Guten und Schönen ist streng verstandesmäßig geprüft nicht richtig; aber als Ideal festgehalten kann es den Menschen allerdings gleich jeder religiösen Idee erbauen und über die Schranken der Sinnlichkeit erhaben. Das Schöne widerstrebt der Wirklichkeit direct; es besteht nur in der Dichtung; aber ohne den Traum der Dichtung wäre nichts mehr da, was das Leben lebenswerth machte. Vgl. S. 187 ff.

Wenn wir nun auch hier keine wörtliche Definition des Schönen finden, so geht doch aus dem ganzen vorgelegten System des Idealismus hervor, daß die Schönheit nur in unsern Idealen, den subjectiven Bildungen liegen kann, die Außenwelt ihr aber niemals entspricht, von objectiver Schönheit, wie von objectiver Realität überhaupt aber gar keine Rede ist. Während daher der Materialismus die Schönheit nur in den Sinneseindrücken, in dem, was das Auge harmonisch berührt, finden konnte, findet der Idealismus dieselbe ganz im Gegentheil bloß auf dem Boden der Phantasie, bloß in der Innenwelt, und sie kann, wie die Wahrheit nach Kant in der Uebereinstimmung der Erkenntniß mit den Gesetzen des Erkennens besteht, während der alte Wahrheitsbegriff, auf einen objectiven Realismus ausgehend, dieselbe in der Uebereinstimmung der Erkenntniß mit dem objectiven Sein bestehen ließ, ebenso consequent nur in der Uebereinstimmung der Ideale mit den Gesetzen ihrer Bildung bestehen. Ebenso wenig wie uns daher hier von vornherein die Wahrheit zum objectiven Sein in reale Beziehung setzt, ebenso wenig kann uns der Begriff der Schönheit damit in Beziehung setzen, m. a. W. ein Schönes an sich, eine schöne Natur, abgesehen vom Urtheil der Menschen, existirt nicht.

Dieser Standpunkt des Idealismus ist in unserer vaterländischen Poesie vertreten von Schiller in seinem Anschluß an Kant, weßhalb sich auch die Jugend, die überhaupt zur Bildung der Ideale am meisten geneigt ist, mehr zu Schiller, als zu einem andern unter den Koryphäen unserer Poesie hingezogen fühlt. Wenn in Schillers Gedichten die Rede ist vom „Reich des Ideals", vom „Reich der Schatten", vom „Reich der Träume", von den „heitern Regionen, wo die reinen Formen wohnen", wenn er einladet zu flüchten „aus der Sinne Schranken in die Freiheit der Gedanken", wenn er singt: „Höher stets und höher wallen wir, bis sich dort im Meer des ewigen Glanzes untertauchen Maß und Zeit", so haben wir damit die von den Anschauungsformen des Raumes und der Zeit entkleidete Gedankenwelt des Idealismus. „Schiller, sagt Lange selbst, hat mit divinatorischer Geisteskraft das Innerste von Kants Lehren erfaßt, er hat Kants intelligible Welt anschaulich gemacht, indem er sie als Dichter behandelte." „In den philosophischen Dichtungen Schillers haben wir eine Leistung vor uns, welche dem Ideale eine überwältigende Kraft verleiht, indem sie es rückhaltlos in das Gebiet der Phantasie verlegt."*) Richtig bemerkt hierzu Pesch**): „Dieser Riß zwischen Wirklichkeit und Ideal, diese Flucht vor den Mächten des wirklichen Lebens in ein erträumtes Gebiet nicht existirender Ideale, wie sie in fast allen Schillerschen Tragödien vorsindlich ist, ist ebenso echt Kantisch, wie die Veridealisirung der Geschichte zum Magazin für die Phantasie." Auch will es Schiller selbst „nicht verbergen, daß es größtentheils Kantische Grundsätze sind," auf denen seine Anschauungen in Betreff der „ästhetischen Erziehung des Menschen" beruhen. Vgl. Ueber die ästh. Erz. des M. Erster Brief. Hiermit haben wir auch den richtigen Maßstab zur Beurtheilung der Schillerschen Lyrik; dieselbe ist durchaus subjectiv und vom Boden der Wirklichkeit getrennt. Daher sind die einfachen Naturliedchen Uhlands:

> „Saatengrün, Veilchenduft,
> Lerchenwirbel, Amselschlag,
> Sonnenregen, linde Luft!
> Wenn ich solche Worte singe,
> Braucht es da noch großer Dinge,
> Dich zu preisen, Frühlingstag?"

oder dessen „Frühlingstrost":

> „Was zagst du, Herz, in solchen Tagen,
> Wo selbst die Dornen Rosen tragen?"

für Schiller eine Unmöglichkeit. Daher ist auch Schiller insbesondere kein Lyriker von der Höhe

*) Vgl. Lange, Geschichte des Materialismus. B. 2, S. 62 u. 545. **) Die moderne Wissenschaft. Freib. 1876. S. 6.

eines Göthe. „Das tiefe Naturgefühl dieses Dichters (Göthes), das unbewußte Ein= und Mitklingen der Innen= und Außenwelt war ihm (Schiller) versagt. Wohl verstand er zu schildern, genauer, richtiger, als Göthe. Aber statt des Melodischen der reinen Lyrik kam in Schillers Dichtung die Reflexion, das Deklamirende, und erst später vermochte hie und da das Streben nach Naturwahrheit wie eine sonnenlichte Landschaft durch die Morgennebel der Ideale siegreich durchzubrechen.“*) Daher sind von Schillers Liedern nur etwa zwölf volksthümlich geworden, während von Göthes Liedern über fünfzig volksthümlich geworden sind,**) auch zum Theil ein Beweis gegen den Idealismus. Daher ist es endlich auch, wie schon bemerkt, zu erklären, daß sich die Jugend und das weibliche Geschlecht, die vorzugsweise in Idealen leben, mehr zu Schiller hingezogen fühlen, während Göthe mehr das ernste Mannesalter anspricht, das mitten in den Kämpfen des Lebens steht.***)

Eine Widerlegung des Idealismus als wissenschaftlichen Systems ist hier ebenso wenig möglich, als es oben beim Materialismus der Fall war. Wir beschränken uns daher hier auf den einen Gedanken, daß wir mit innerer Nothwendigkeit nicht bloß ein äußeres „unbekanntes Etwas“ für wahr und wirklich halten, sondern mit derselben innern Nothwendigkeit auch für wahr halten, daß unseren Sinnenvorstellungen, wofern dieselben nicht in krankhaftem Zustande sind, ein reales Object der Außenwelt entspreche, wodurch sie hervorgerufen sind, indem wir uns selbst unmöglich für die einzige Ursache des Daseins dieser Vorstellungen halten können, weil wir sie sonst immer und überall haben müßten, resp. hervorrufen können müßten, was factisch nicht der Fall ist. Außerdem unterscheidet auch unser Selbstbewußtsein ausdrücklich zwischen den selbstgeschaffenen Einbildungsvorstellungen und den Sinnenvorstellungen, indem sich an jenen beliebig ändern läßt, was bei diesen uns aufgenöthigten Vorstellungen keineswegs der Fall ist. Die Berufung auf jenes in seinen Qualitäten unbekannte Etwas ist eine Inconsequenz. Denn entweder übt dasselbe auf unsere Sinne zur Bildung unserer Vorstellungen keinen Einfluß aus und dann ist uns auch seine Existenz selbst unbekannt, oder es übt einen solchen Einfluß aus und dann ist es offenbar unser Object der Außenwelt.

Wie der Idealismus für die Vernunft unhaltbar ist, so ist er noch unhaltbarer für das Herz und dessen Bedürfniß nach dem Schönen; denn eben so wenig als dem Menschen etwas an Kants subjectivem Wahrheitsbegriffe liegt, ebenso wenig kann sich das menschliche Herz zufrieden stellen mit einer Schönheit, die bloß in der Uebereinstimmung unserer Ideale mit den Gesetzen ihrer Bildung besteht. Denn so muß consequent der Idealismus die Schönheit definiren. Beide Begriffe gehen aus hochmüthiger Ueberhebung des Subjectes hervor und führen zu einer Zurückziehung des Geistes auf das bloße Ich, die mit den angeborenen Gesetzen der Menschennatur, mit deren allseitigem Gebundensein an die Außenwelt, mit deren Bedürfniß nach der schönen Natur im seltsamsten Widerspruche steht. Wir flüchten nämlich aus der rauhen Wirklichkeit des Lebens nur selten in die ideale Welt der Gedanken, denn diese kann uns nur wenig trösten und beruhigen, sondern meistens an den Busen der schönen Natur, und bei Gelegenheit des Naturgenusses sind wir uns dessen bewußt, daß wir nicht die alleinigen Urheber dieses Genusses sind. Die Menschheit wird sich zudem niemals überreden lassen, daß die Natur nicht an sich schön sei, auch ohne daß das Menschenauge in sie eindringt; umgekehrt wird man gerne zugleich dem Pessimismus Langes gegenüber einstimmen in die Worte Bertholds†): „Die Tiefen des Meeres mit ihren märchenhaften Gärten der Korallen, mit ihren Wäldern und bunten Wiesen von Tangen, mit allen ihren merkwürdigen Geschöpfen sind uns verschlossen, und noch weniger werden wir die Edelsteinkammern der Erdtiefe, wo das Gold wächst und Krystalle sprossen, jemals zu schauen bekommen. Wenn aber die allenthalben herrschende, wunderbarste Vollkommenheit und Schönheit nicht für den Menschen bestimmt ist, welche Bestimmung bleibt ihr dann? Nur die, daß sie die Herrlichkeit Gottes mit offenbart und also in den höchsten Endzweck einstimmt, den Gott bei seiner Schöpfung hatte.“

---

*) Vgl. Lindemann, Gesch. der deutschen Lit. S. 577.   **) Vgl. l. 1.
***) Dabei besteht jedoch, daß auch der christliche Geist den idealen Gestalten Schillers vielfach Leben und Inhalt gegeben hat. Nennt er ja selbst in einem Briefe an Göthe das Christenthum eine Menschwerdung des Heiligen, die einzige ästhetische Religion, und hat er ja auch in seinen „Johannitern“ der christlichen Caritas ein so herrliches Denkmal gesetzt:

> „Religion des Kreuzes, nur du verknüpfest in Einem
> Kranze der Demuth und Kraft doppelte Palme zugleich.“

†) Betrachtungen der Natur. S. 176.

Woher stammen ferner unsere Ideale? Wir bringen sie nicht fertig mit auf die Welt, sondern bilden sie vielmehr, wie später gezeigt werden wird, erst nach der realen Wirklichkeit. Endlich macht der Idealismus alle Kunst von vornherein unmöglich. Denn wenn überhaupt alle äußern Vorstellungen nur Schein und Illussion sind, wenn wir insbesondere nicht zur Ueberzeugung von der Uebereinstimmung unserer Vorstellungen mit dem Sein gelangen können — der Hauptgrund, weßhalb Kant den alten Wahrheitsbegriff verwerfen zu müssen glaubte — wie soll ich es da erkennen können, ob mein Gebilde der Kunst mit meinen Idealen übereinstimmt oder nicht?

II. Das Schöne auf dem Boden des Dualismus.

a. Der dualistischen Philosophie.

Materialismus und Idealismus sind keine menschheitlichen Systeme der Wissenschaft im weiteren Sinne des Wortes; sie sind vielmehr, so oft sie im Lauf der Zeiten auftreten, nur auf engere Kreise und Zeiten beschränkt geblieben. Im Gegentheil ringt die Menschheit, ringt jedes einzelne Volk nach Ausweis der Geschichte, wenn seine Entwickelung eine naturgemäße ist, wie das Individuum zum Selbstbewußtsein und zur Persönlichkeit und damit wie zur Erkenntniß des Dualismus der Menschennatur, so zur Erkenntniß eines persönlichen, von der Welt verschiedenen Gottes, wenn es auch nur in seinen edelsten Persönlichkeiten, wie die Griechen in Sokrates und Plato, dieses Ziel erreicht.

Auf diesem Boden des Dualismus erkennen wir die Welt als das Werk eines allmächtigen und allweisen Schöpfers, der alles aus nichts nach seinen ewigen Ideen, also in Uebereinstimmung mit seiner eigenen Persönlichkeit erschaffen hat. Daher ist auch die Schöpfung wegen dieser ihrer Uebereinstimmung mit den göttlichen Ideen, wie Gott selbst die höchste Wahrheit, Schönheit und Güte ist, eine objectiv wahre, schöne und gute. Der Mensch insbesondere ist als selbstbewußter und persönlicher Geist nach dem Ebenbilde Gottes erschaffen, und deßhalb ist er nicht bloß im Stande, sondern er fühlt auch das Bedürfniß in sich, sein Verhältniß zur Außenwelt und damit zugleich zu seinem Schöpfer nach den verschiedenen Richtungen seines Geistes richtig zu gestalten und so seine Lebensaufgabe zu erfüllen. Diese Richtungen sind Vernunft, Herz und Wille, und sie offenbaren sich in den Bedürfnissen nach dem Wahren, Schönen und Guten. Hieraus folgt, daß alle diese drei Ideen, über deren engen Zusammenhang wir bereits oben, der Einheit des Geistes folgend, sprachen, nicht bloß subjective Bildungen sind und bloß subjectiven Werth haben, sondern von vornherein auf eine objective Welt hinstreben. Objectiv wahr, schön und gut ist Gottes Schöpfung als Realisirung seiner Ideen; subjectiv, d. h. für mich wahr, schön und gut ist dieselbe, wenn die Bedürfnisse meines Innern, meiner Vernunft, meines Herzens und Willens in ihr zur Befriedigung gelangen. Wie nach diesem Verhältniß des Geistes zu Gott und zur Welt die Wahrheit nur bestehen kann in der Uebereinstimmung meiner Erkenntniß mit dem erkannten Objecte, mit der Wirklichkeit, wozu ich den Ausgangspunkt und die tiefsten Prinzipien als selbständige und selbstbewußte Persönlichkeit in mir trage, und wie das Gute nur bestehen kann in der Aufrechthaltung der sittlichen Weltordnung, deren Forderungen sich in Vernunft und Gewissen widerspiegeln, so kann die Schönheit nur da von mir anerkannt werden, wo ich eine Uebereinstimmung des Objectes mit den angeborenen Gesetzen meines Empfindungslebens, meines Gefühles finde. Welches sind diese Gesetze? Der Geist nimmt dieselben natürlich nur von sich selbst her. Er erkennt sich im Momente des Selbstbewußtseins als lebendiges, verschiedene Vermögen harmonisch zur Einheit verbindendes, über die Materie zu herrschen bestimmtes Wesen, und er hat deßhalb an sich selbst ein ungetheiltes Wohlgefallen, findet sich selbst schön, und indem er dieselben Momente der Schönheit auch auf die Außenwelt überträgt, findet er auch außerhalb seiner alles dasjenige schön, worin er dieselben wiederfindet.

Schön ist also alles das, worin Harmonie und Einheit in der Mannigfaltigkeit, sowie Leben, d. i. Sieg der Form über die bloße Materie hervortritt.

Aus dieser aus dem Wesen des Geistes abgeleiteten Definition ergibt sich zunächst das Subject für die Empfindung des Schönen. Wie schon oben gesagt, gibt es ein zweifaches Gefallen, ein Gefallen für den Sinn und die Sinnlichkeit und ein Gefallen für die Vernunft oder den Geist. Nun ist es aber nur der Geist, der den Begriff der Schönheit zunächst an sich bildet, daher ist auch nur er das Subject für die Empfindung derselben überhaupt, kann nur er bei dem, was ihm gefällt, nicht die Sinnlichkeit bei dem, was ihr gefällt, Anspruch auf Empfindung der Schönheit machen. Bei der körperlichen Schönheit sind es die edleren Sinne des Gesichts und Gehörs, vermöge deren der Geist dieselbe wahrnimmt. Während nämlich die drei sog. niederen Sinne rein subjectiv und bei ihren Wahrnehmungen Subject und Object gleichsam ungeschieden sind, wird beim Gefühls- und Gehörs- sinn eine Unterscheidung zwischen Subject und Object und folglich auch eine Betrachtung des Objectes nach subjectiven Prinzipien möglich. Kommt dort bloß das Angenehme oder das Unangenehme der Empfindung in Betracht, so werden hier auch Verstand und Einbildungskraft thätig, und es entstehen Gefühle, die anstatt in der augenblicklichen Lust oder Unlust stecken zu bleiben, in einem uninteressirten Wohlgefallen an ihrem Gegenstande ihren Grund haben. Vgl. Esser, Psychologie, S. 463.

Ferner ergeben sich aus obiger Definition die Requisite der Schönheit. Zum Schönen ge- hört zunächst eine Mannigfaltigkeit. In der bloßen Einheit und dem ewigen Einerlei ermüdet schon das Auge und fühlt sich darin beleidigt, sowie auch der Geist, der ja auch nicht in sich stets dasselbe Vermögen beschäftigen kann, darin keine Thätigkeit findet. Schon das erste Erkennen geht vom Unter- scheiden aus und fordert daher eine Verschiedenheit. Der mathematische Punkt ist formlos und daher in Beziehung auf Schönheit gleichgültig. Das lange, schwarze Dunkel der Nacht, in dem es nichts zu unterscheiden gibt, sowie das öde Feld der Sandwüste ist uns ein Bild des Todes, und die trau- rige ununterbrochene Stille hat etwas Unheimliches für uns. Höre ich auf einem Instrumente immer denselben Ton, oder ich sehe dieselben, besonders einfachen Gegenstände vielfach neben einander ge- stellt, so kann das kein Gefallen erwecken; es muß vielmehr ein Wechsel in den Tönen durch Höhe und Tiefe, Länge und Kürze, ebenso bei den Gegenständen des Gesichtssinnes durch Entfernung, Größe und Farbe eintreten. Aber auch in diesem Wechsel allein liegt noch nicht die Schönheit. Wie sich der Geist selbst als einheitliches Prinzip und als Träger aller seiner Zustände erkennt, so fordert er auch für das, was ihm gefallen soll, eine gegenseitige Beziehung des Einzelnen zu einander und zum Gan- zen, ein einheitliches Prinzip, welches das Ganze beherrscht. Im andern Falle, beim Mangel dieser Einheit findet er ein wüstes Chaos, das aller Schönheit widerstrebt. Daher müssen die einzelnen Theile zu einander durch Abwechselung in Beziehung treten. Einheit in der Mannigfaltigkeit gehört zur Schönheit. Mit dieser Einheit in der Mannigfaltigkeit muß dann noch Harmonie der Theile, Proportionalität der Glieder eines Ganzen, Symmetrie verbunden sein, Eigenschaften, die der Geist nothwendig in dem gegenseitigen Verhältnisse seiner eigenen Vermögen zu einander anstrebt und ohne die er an sich selbst kein Gefallen haben kann, die aber auch als Kategorien des Schönen in der äußeren Natur sich finden, weßhalb auch die Natur ein Kosmos ist. Aber der Begriff der Schön- heit verlangt noch mehr. Schon der gewöhnliche Sprachgebrauch legt unter den uns begegnenden Ge- bilden nur dem vorzüglichern das Attribut der Schönheit bei. Die genannten Bestimmungen sind da- her eigentlich nur negative Bedingungen, ohne welche wir nichts schön finden: sie finden bei Wesen gleicher Art ihre Anwendung und schließen unter diesen jede Mißgestalt, Unvollkommenheit vom An- spruch auf Schönheit aus. Auch der Krebs, der Wurm sind einheitlich, symmetrisch organisirt, ihre Glieder sind proportional und dennoch sind sie nichts weniger als schön. Die positive Bedingung der Schönheit ist Beherrschung der Materie vom Geiste oder von der Form. Daher fordern wir zur Schönheit zunächst, daß ihr Gegenstand lebendig sei oder doch den Schein des Lebens in sich trage, wie ja auch unser Geist an seinem eigenen Leben das erste, ungetheilte Wohlgefallen hat. Nur das Lebendige und lebendig mit Geist und Gemüth Erfaßte ist schön. Darum wird selbst das Leblose von der Phantasie belebt, das Formlose, wie die Wolkenmasse, lebendig gestaltet. Den stereometrischen Gestalten, die dem Geometer starre, todte Figuren sind, haucht die Phantasie Leben ein. „Die Kugel, sagt Kößlin, vereinigt zuförderst allseitige Ausdehnung, Fülle, lebendig sich hebende Schwellung mit vollkommenster Einheit und Regelmäßigkeit; sie verbindet, da nichts Eckiges an ihr ist, mit der Maß- haftigkeit eine leichte Beweglichkeit, mit Regularität Weichheit und Milde; sie ist das Vollkommenste, das Alles hat: schlechthinnige Gesetzmäßigkeit, freie Expansion, wohlthuendste Gefälligkeit; wegen ihrer Rundung durchschneidet sie leichtschlüpfend den Raum oder durchläuft ihn leicht rollend und ist ihr somit trotz aller Massenhaftigkeit ätherische Leichtigkeit eigen." In noch höherem Grade gefällt uns wegen des Scheines des Lebens die Halbkugel, dann der Kegel und der Cylinder. Belebt so die ästhetische Auffassung schon das Leblose, wie vielmehr wird die lebendige Natur ihr Wohlgefallen er- wecken? Mit dem Leben muß zugleich eine bestimmte Idee in dem schönen Gegenstande hervortreten und in entsprechender Weise in ihm verkörpert sein, und je mehr dieses der Fall ist, desto schöner ist der Gegenstand, während im andern Falle die Materie den Sieg davon trägt, ein Sieg, an dem der zur Beherrschung der Materie bestimmte Geist nur Mißfallen haben kann. Daher sprechen uns auch diejenigen Gegenstände am meisten an, bei denen sich das Leben in seiner höchsten Entwickelung zeigt. „Solch ein Moment ist meistens der jener reichsten Jugendkraft und Fülle, der sich aufschließenden Rosenknospe und Lilie, der Jungfrau in ihrer Anmuth und Pracht, des Mannes auf der Höhe des Lebens, der Eiche und Buche in ihrer reichsten und prächtigsten Entfaltung."*)

Die vollkommenste Verwirklichung des Schönen haben wir im Ideale. Wenn nämlich ein Wesen die ihm eigenthümlichen Vorzüge im gedenkbar höchsten Grade in sich schließt, so ist es ein Ideal im objectiven Sinne. Im strengsten Sinne ist demnach bloß Gott Ideal, während wir beim Menschen und bei den erschaffenen Dingen nur in einem niederen Sinne von Ideal sprechen können. Im subjectiven Sinne haben wir ein Ideal dann, wenn wir die Vorzüge eines Wesens uns in ihrer möglichsten Vollendung denken, also nicht, wie die gemeine Wirklichkeit sie bietet, sondern wenn wir sie in unserm Denken so steigern, daß sie die letztere überbieten und daher auf Erden selbst nicht gefunden werden. Daher hat man ein ästhetisches Ideal, wenn der Gegenstand in seiner eigenthümlichen Schönheit weit über das gewöhnliche Maß hinausgeht, und im subjectiven Sinne haben wir ein ästhetisches Ideal da, wo wir uns ein Wesen mit einer solchen Schönheit ausgestattet denken, daß die gewöhnliche Wirklichkeit davon bei weitem übertroffen wird.**) Wir können daher Ideal im ästhetischen Sinne auch den Entwurf des vollkommensten Bildes nennen, welchem gemäß eine Idee in der angemessensten Weise in die Erscheinung tritt. Das Ideal findet sich daher nie in der Wirklichkeit, wir gelangen vielmehr von der Wirklichkeit aus durch Erfassung und Steigerung der Vorzüge eines Gegenstandes und der verschiedenen Gegenstände derselben Art, sowie durch harmonische Combination derselben zum Ideale. — Der Mensch hat nun zunächst an seinem eignen Leben, an seiner vernünftigen und freien, in entsprechender Weise die Materie bildenden geistigen Natur, dann an seinem lebendigen, körperlich-geistigen Dasein, in seiner aufrechten Stellung, womit er die ganze Natur beherrscht, über sich das Himmelsgewölbe, die strahlende Sonne, die Sternenpracht der Nacht, unter sich das weite Erdenrund erblickt, sich gleichsam zwischen zwei Welten in die Mitte gestellt fühlt, um von sich aus nach oben und nach unten seinen Begriff der Schönheit zu entfalten und zu entwickeln, den Brennpunkt und Spiegel, das Ideal der Schönheit. „Für den Gesichtssinn finden wir bei der menschlichen Gestalt alle sichtbaren Vollkommenheiten zu einem Ganzen vereinigt, welche die Natur anderen Körpern nur einzeln ertheilt hat, und für den Gehörssinn finden sich alle Vorbilder, welcher die Tonkunst fähig ist, in der menschlichen Stimme und im Gesange. Auch weist keine Gestalt auf Erden so bezeichnend auf das Ideale und Uebersinnliche hin, keine bekundet so sehr ihre Verwandtschaft mit dem Göttlichen und ihre Bestimmung für das Ewige, als die vollkommenste Menschengestalt; und kein Klang dringt tiefer in die Seele und begeistert mehr für alles Gute und Edle, als die Allgewalt der menschlichen Stimme, der Sprache, der Rede, des Gesanges." Esser, Psychologie. S. 471.

Aus unserer Definition des Schönen ergeben sich auch die Objecte, denen die Schönheit eigen sein kann. Und hier halten wir es für entschieden irrthümlich, den Begriff der Schönheit bloß auf das Gebiet des Sinnlichen beschränken zu wollen. Dem widerspricht ebenso sehr der Sprachgebrauch, wie der Umstand, daß im Geiste alle drei Begriffe, der des Wahren, des Guten und des Schönen einander durchaus parallel stehen; gelten nun die beiden ersten auch auf übersinnlichem Gebiete, warum dann der letztere nicht? Der Mensch ist als körperlich-geistiges Wesen in die Mitte zwischen zwei Welten gestellt, um wie durch sein Erkennen und Handeln in beide einzugreifen, so auch die Schönheit über sich, neben sich und unter sich zu empfinden und durch sich in der Kunst zu realisiren. Bildet nämlich der Geist den Begriff der Schönheit zunächst an sich selbst, so gefallen ihm auch seine Mitgeister und zwar, wenn es solche geben sollte, was die Philosophie wenigstens nicht in Abrede stellen kann, die reinen Geister und diese um so mehr, je reiner bei ihnen als immateriellen Wesen die Ordnung und Harmonie ihrer Kräfte hervortreten kann. Die Summe und Vollendung aller Schönheit finden wir dagegen in dem ewigen, absoluten Wesen, welches lautere und unwandelbare Macht, Harmonie und Leben in sich selbst, daher auch die vollendete Seligkeit ist und welches in einzelnen unvollkommenen Reflexen seine Schönheit in den von ihm geschaffenen Wesen widerspiegelt.

---

*) Vgl. Nat. u. Offenb. B. 21. S. 467 u. B. 22. S. 224.
**) Vgl. Stöckl, Aesthetik, S. 30.

Schon Plato sagt im Phädrus: „Das Göttliche ist das Schöne, Weise und Gute", und Winkelmann: „Die höchste Schönheit ist Gott." Damit stimmt auch das Sehnen und Verlangen des Menschen= herzens nach Gottes Anschauung und der darin begründeten Seligkeit überein. Weil aber Gott in seiner Unendlichkeit für uns unfaßbar ist, deßhalb kann er auch für uns das Ideal der Schönheit nicht sein, obgleich umgekehrt der Genuß des endlichen Schönen uns zum Streben nach dem Unend= lichen hinführt. In der Menschenwelt tritt uns, von der körperlichen Schönheit abgesehen, die Schön= heit auch im sittlichen Leben entgegen und zwar „tritt die Schönheit in der ethischen Ordnung zu Tage in der Conformität des ethischen Lebens mit dem in der göttlichen Idee präformiten Gesetze. Das ethisch Gute ist zugleich das ethisch Schöne. — Mit Recht bezeichnet der Sprachgebrauch die sittlich gute That zugleich als eine schöne That." Stöckl S. 9. Schön ist ferner die gesellige Ver= bindung der Menschen im Kleinen, die Familie, in der die einzelnen Glieder um ihr gemeinsames Haupt versammelt, ihr gegenseitiges Wohl fördern, wie noch mehr die aus der Familie hervorgegangene größere Vereinigung, der Staat. Ganz besonders legen wir die Schönheit der sichtbaren Schöpfung, der äußeren Natur, bei, weil sie eine Realisirung der göttlichen Ideen im Ganzen, weßhalb auch schon die Alten die Welt einen Kosmos genannt haben, und in ihren einzelnen Reichen und besondern Ge= bilden ist. Daher fühlt sich auch jeder denkende Mensch von der Natur angezogen, und hat die Poesie dieselbe von jeher aufs herrlichste gefeiert. Indessen tritt uns doch auch des Unvollkommenen und Häßlichen in der Natur so viel entgegen, daß man sich daraus den Ursprung jenes Pessimismus, den wir oben bei Lange fanden, wohl erklären kann. Die sich selbst überlassene Philosophie ist nicht im Stande, diese Dissonanz aufzulösen. Endlich offenbart sich das Schöne auf dem Gebiete der schö= nen Kunst oder vielmehr diese selbst ist die Fähigkeit, das im Geiste concipirte Ideal=Schöne in einer entsprechenden sinnlichen Form zur Darstellung zu bringen. Hieraus folgt, daß es bei der schönen Kunst ganz besonders auf die Ideale ankommt, und je vollkommner diese sind, desto vollkommner müssen auch ihre Produkte, die Kunstwerke, werden und damit desto schöner. Je freier daher ein Mensch oder ein Volk in der Bildung seiner Ideale ist, desto herrlicher seine Kunst. Zur Bildung des Kunstideals gehört 1) eine Vernunftidee, 2) Schönheitssinn zur Verwirklichung derselben. Je be= schränkter daher der Ideenkreis und je geringer der Schönheitssinn, desto niedriger stehen die Ideale und umgekehrt. Der Reichthum der Vernunftideen ist aber abhängig von der Bildung des Selbst= bewußtseins eines Volkes und der Art und Weise, wie es dasselbe zum Welt= und Gottesbewußtsein entwickelt hat.

Sehen wir uns jetzt historisch um, so müssen wir allerdings gestehen, daß der philosophische Dualismus und die auf ihm begründete Auffassung des Schönen, so wie die entsprechende Verwirk= lichung desselben in der Kunst fast allein in der christlichen Zeit und unter christlichem Einfluß zu Stande gekommen ist, und in dieser Beziehung gilt das Gesagte auch von der Schönheit im christ= lichen Sinne. Nichtsdestoweniger haben wir an den alten Griechen dasjenige Volk, bei dem in selb= ständiger Entwickelung die rein menschlichen Ideen in Wissenschaft und Kunst, sowie auch in seinen edelsten Vertretern der Monotheismus zur Ausbildung gediehen ist, dasjenige Volk daher, das uns in seinen Geistesprodukten überhaupt zeigt, was die Menschheit aus sich selbst zu leisten im Stande ist. Die Griechen, mit den herrlichsten Anlagen und zugleich mit der schönsten Harmonie dieser An= lagen unter einander, insbesondere mit feinem Sinn für das Schöne ausgestattet, in einem Lande, das die reichste Mannigfaltigkeit und Abwechselung in seiner Bodenbeschaffenheit und Vegetation dar= bot, in einem milden, südlichen Klima, unter einem herrlichen Himmel, in freiheitlicher, dem Charakter der verschiedenen Stämme entsprechender Verfassung, haben, wie so bei ihnen alle Bedingungen mensch= licher Bildung gegeben waren, uns auch in ihren Werken die ewig unerreichbaren Muster menschlicher Wissenschaft und Kunst zur Nachahmung hinterlassen.

Musik und Gymnastik waren bei den Griechen die Erziehungsmittel zu schöner, geistiger und leiblicher Harmonie. Wie die musikalische Erziehung die Seele in ihren stürmischen Bewegungen mildern und harmonisch stimmen sollte, so sollte die Gymnastik den Körper zur Gesundheit, Schönheit und Kraft heranbilden. Im Pentathlon wurde der ganze Körper, Arme, Beine und Augen gleich= mäßig geübt und gebildet. Auch auf die schöne Haltung, die in jeder Bewegung, Stand und Gang sich offenbarte, wurde so viel Gewicht gelegt, daß man an ihr den Griechen unter den Barbaren er= kennen zu können glaubte. Vgl. Lemcke, Aesthetik, S. 200. „Wie bei wenig verhüllender Kleidung, sagt derselbe S. 204, oder bei der Nacktheit des Kampfes*) der Anblick so schöner und kräftiger rythmischer Gestalten den bildenden Künstler anregen und belehren mußte, ist leicht einzusehen. Ohne Gymnastik keine Götterbilder und menschliche Idealgestalten, wie sie die griechische Plastik in göttlicher Schönheit und Hoheit gebildet hat, vor welcher wir in Ehrfurcht, Staunen und Bewunderung oder in Schwärmerei verloren stehen — Bilder, die auch des Körpers Göttlichkeit mit überwältigender Macht uns lehren." Dazu kam bei den Griechen eine Kleidung, die sich in so edler, ausdrucksvoller Weise dem Körper anschmiegte, daß jede Form, jede Bewegung desselben im reichen und doch klaren Wurf der Falten vernehmlich nachklang.

Das Ideal der Schönheit ist dem Griechen der freie, hellenische, männliche Mensch in seinem jedesmaligen gegenwärtigen Streben. Indem nämlich der Grieche von der Herrlichkeit des Lebens und seiner reichen Ausstattung überzeugt war, erschienen ihm die gegenwärtigen Güter des Leibes und des Glückes zugleich als die sichtbaren Grenzen der Humanität; er mußte ihrer mit Frohsinn zu genießen, fühlte aber zugleich, daß der einzelne nur im Ganzen seinen Bestand habe. „Nicht leicht, sagt Bernhardy*) von den Griechen, faßten sie das gegenwärtige Leben als die Vorstufe für eine vollkommnere Zukunft, und es lag ihnen fern, das Endliche dem Unendlichen und Ewigen, dessen Voraussetzungen fehlen, unterzuordnen. Sie waren gleich unbekannt mit einem Streit des Irdischen gegen Ideales, weil sie dem Menschen die Fülle der göttlichen Dinge beimaßen; sie wußten um keinen Gegensatz, der ihre heiteren Ansichten von der Welt betrübt und erschüttert hätte. — Vielmehr wissen sie jedes Object des Verstandes und der Sinnenwelt in sicherm Besitz des Menschen und messen es an den Normen der geläuterten Sinnlichkeit und der Nothwendigkeit; die Natur dünkt ihnen nirgend feindselig, bedürftig und untergeordnet, nirgend trat ihrer Wißbegier eine Schranke entgegen; nichts, was sie gemeint hätten, einer priesterlichen Wissenschaft überlassen, mit Mystik auffassen und in Symbolen bezeichnen zu müssen." Das eigentlich tiefere Wesen der menschlichen Natur ist dagegen den Griechen in der Kunst nur wenig zum Bewußtsein gekommen. Was wir Herz und Gemüth nennen, mit allen zarteren Empfindungen und Tugenden ist ihnen unbekannt; daher auch der Mangel des eigentlichen Liedes bei den Griechen, daher auch der später zu besprechende Unterschied zwischen der griechischen und neuern Lyrik. Natur und Geist stehen allerdings bei ihnen „in wunderbarer Harmonie"; aber es ist die Harmonie einer unbefangenen Jugend, nicht die des selbständigen Mannes, eine Harmonie, in der die Natur noch unwillkürlich den Sieg davonträgt, nicht ihr vom selbstbewußten Geiste nur das, was ihres Rechtes ist, eingeräumt wird. Der Kampf zwischen Vernunft und Sinnlichkeit ist eher unterdrückt, als daß er zum lebendigen Bewußtsein und damit ein Sieg der ersteren über letztere zu Stande gekommen wäre. Die oben genannte musikalische Bildung sollte Mäßigung und Ruhe der Seele erhalten und damit nach beiden Seiten hin das μηδὲν ἄγαν bewahren, während die Gymnastik die schöne Körperform entwickeln und so beide zusammen das höchste Ziel griechischer Bildung, die καλοκαγαθία herbringen sollten. Hiermit hing nun jener plastische Trieb der Griechen zusammen, der nicht bloß auf dem ihm eigenthümlichen Gebiete so Wunderbares geleistet sondern auch auf dem Gebiete des Tempelbaues, ja selbst in der Malerei sich geltend gemacht hat. „In keiner Nation hat die Plastik tiefere Wurzeln geschlagen oder ein weiteres Gebiet erworben; sie ist der Ruhm und die Seele des griechischen Epos, das in seiner Art einzig war; sie offenbarte sich im allgemeinsten Triebe zur Mythenbildung, in den concreten Gestalten des Bildes und Gleichnisses, sie durchdrang jedes Feld der bildenden Kunst." Selbst Orchestik und Musik sind in demselben sinnlichen Rythmus, wie ihn die Plastik vorschrieb, durchgeführt.***) Hiernach spricht sich der reine Realismus in der Auffassung des Schönen und der Kunst bei den Griechen aus.

Selbst auch die Religion der Griechen, von der historisch alle Kunst ihren Ausgang genommen, bietet nur geringen Anlaß zu einer idealistischen Auffassungsweise. Das menschliche Dasein steht als die Blüte der Weltschöpfung auf dem Gipfel der Natur; es genügt sich selbst und bedarf keiner weiteren Fortsetzung. Die Götter, selbst als Menschen mit menschlichen Vorzügen, aber auch mit menschlichen Schwächen ausgestattet gedacht, leiten das Leben als Beschützer von Haus und Familie. Sie vermögen weder als unbeschränkte Machthaber den allgemeinen Lauf des Schicksals zu wenden, noch ragen sie durch geistige Vollkommenheit über das Maß der sinnlichen Natur hinaus.

---

*) Körpers? **) Grundriß der griechischen Literatur. B. 1. S. 196.
***) Vgl. Bernhardy, S. 5.

Die Hoffnung auf Unsterblichkeit drang nur spärlich aus den Mysterien ins Volk. Der Gedanke ans Jenseits fehlt, wo das Diesseits befriedigt. Daher erscheinen auch in einem Skolion bei Ast in Plat. legg. p. 34 Gesundheit, schöne Gestalt, ehrlicher Besitz und Genuß mit Freunden als die vier menschlichen Schätze. Die schöne Menschengestalt insbesondere ist das gemeinsame Gepräge von Göttern und Menschen.

Wenn wir oben den freien, männlichen Menschen als das Schönheitsideal der Griechen bezeichneten, so geschah dies im Gegensatz zu den Sklaven und zum weiblichen Geschlechte. In ersterer Beziehung ging man von der Ansicht aus, daß eine große Menschenklasse zur steten Unmündigkeit durch die Natur bestimmt sei; sie waren bloß παῖδες, Gegenstand des dinglichen Besitzes, ohne Anspruch auf Recht und Sicherheit. Das Schicksal der Weiber dagegen sank vom heroischen Zeitalter, wo sie geehrt und mit dem Ruhme häuslicher Tugend dem Manne zur Seite standen, an fast bis zur Stufe des Sklavenwesens. Daher sagt Schiller mit Recht: „Die griechische Weiblichkeit und das Verhältniß beider Geschlechter zu einander bei diesem Volke — ist doch immer sehr wenig ästhetisch und im Ganzen sehr geistesleer." Nothwendig müssen diese Schattenseiten des griechischen Lebens auch auf dem Gebiete der Kunst, insbesondere in der Poesie hervortreten; daher der Mangel mancher feinerer Empfindungen, die schroffen Ausdrücke männlicher Härte, daher die kühlen Charakteristiken im Drama, der Mangel des eigentlichen Gefühls und der Liebe in der Poesie. Sophokles' Antigone ist eine der edelsten Frauengestalten des Alterthums, die aus Achtung gegen das ewige Gesetz des Zeus den Tod nicht fürchtet; doch wie gering urtheilt sie über Ehe und Familie, über Gatten- und Kindesliebe:

> „Nimmer würd' ich für ein Kind, das ich gebar,
> Noch für den Gatten, welcher todt vermoderte,
> Mich solchem Wagniß unterziehn zum Trotz dem Staat.
> Beim Tod des Gatten fänd ich einen andern
> Und auch ein Kind von And'rem, meines Manns beraubt."
>
> Soph. Antig. B. 896 ff.

Weil der thätige Mensch der Gegenstand des griechischen Ideales ist, deßhalb tritt die Natur bei den Griechen mit ihrer Schönheit mehr oder weniger in den Hintergrund. Schon Schiller („Ueber naive und sentimentale Dichtung") hob diesen Mangel des Naturgefühls bei den Griechen hervor: „Wenn man sich der schönen Natur erinnert, welche die alten Griechen umgab; wenn man nachdenkt, wie vertraut dieses Volk unter seinem glücklichen Himmel mit der freien Natur leben konnte, wie sehr viel näher seine Vorstellungsart, seine Empfindungsweise, seine Sitten der einfältigen Natur lagen, und welch ein treuer Abdruck derselben seine Dichterwerke sind, so muß die Bemerkung befremden, daß man so wenige Spuren von dem sentimentalischen Interesse, mit welchem wir Neuere an Naturscenen und Naturcharakteren hangen können, bei denselben antrifft. Der Grieche ist zwar im höchsten Grade genau, treu, umständlich in Beschreibung derselben, aber doch gerade nicht mehr und mit keinem vorzüglicheren Herzensantheil, als er es auch in Beschreibung eines Anzuges, eines Schildes, einer Rüstung, eines Hausgeräthes oder irgend eines mechanischen Produktes ist." Auf die Frage, ob die Griechen wirklich einen Naturgenuß, einen Gefallen und eine Freude an der schönen Natur in unserem Sinne gehabt haben, führt Bernhardy S. 160 das Urtheil Alexanders von Humboldt an, daß, wenn Naturschilderungen und Ausdruck des Wohlgefallens an Naturscenen dort sparsam waren, dieß nur der Mangel eines Bedürfnisses, das Gefühl des Naturschönen in Worten zu offenbaren, bezeugt; daß eben weil die Nation dem handelnden Leben zugewandt, alle sinnlichen Erscheinungen in Bezug auf die Menschheit oder auch anthropomorphisch faßte, die Kunstformen des Epos und der Melik überragen, wo die Naturbeschreibung bloß zufällig und nichts, als ein Beiwerk sein kann. Ein solches ist die Schilderung des Winters bei Hesiod, und selbst die Züge der attischen Landschaft in dem Chor bei Sophokles (Oed. Col.) geben den Hintergrund zu einem Gemälde menschlichen Ruhmes. Derselbe Mangel, der hier in der Poesie hervortritt, findet sich auch in der Malerei. Auch die Landschaftsmalerei ist nämlich ein Erzeugniß des neueren künstlerischen Geistes. „Die antiken landschaftlichen Darstellungen zeigen uns, sagt Lemcke S. 395, eine schöne, stilvolle, durch Architektur und dergl. geschmückte Anlage; die menschliche Thätigkeit waltet darin vor; daneben aber ist die landschaftliche Freude an Meer und Land, schönen Hügeln, Bauwerken, Gärten u. s. w. deutlich ausgesprochen." Gerade der mittlere Gedanke charakterisirt die Stellung der Griechen der schönen Natur gegenüber.

Den Gesammtcharakter der griechischen Kunst schildert Bernhardy S. 136 f. mit folgenden Worten: „Durch den Verein des künstlerischen Bewußtseins mit der entsprechenden Form ist die hellenische Objectivität zum Besitz schöner, aber realistischer Darstellungen gelangt. Der Sinn des Meisters verschmilzt mit dem Object in untrennbare Einheit; seine Sehkraft ergründet die Thatsachen, welche das Wirken der Menschen im großartigen Zusammenhange mit der Natur offenbaren; seine Person geht in das Werk auf, das er mit höchster Treue und Beherrschung von Gefühlen, vom individuellen Urtheil oder zufälligen Stimmungen sich zur Aufgabe gesetzt hat. Da nun der Realismus, das Element der griechischen Bildung, mit kluger Genügsamkeit in den tiefsten Grund der sinnlichen Erscheinungen zu dringen trachtet, so läßt schon der Charakter des objectiven Kunstvermögens erwarten, wie wenig die Alten mit dem Idealismus, so weit er im Gegensatz zur antiken Lebensweisheit steht, sich befreunden mochten."

Weil der handelnde, äußere Mensch der Gegenstand der Kunst bei den Griechen ist, deßhalb tritt auch mehr die Bedeutung des menschlichen Körpers im ganzen, als die des Gesichtes mit dem besonderen Ausdruck der Gemüthsstimmungen an den Kunstwerken hervor. Daher hatte auch die Plastik längst den menschlichen Körper in seiner Ruhe, wie in der gewaltigsten Bewegung vollendet dargestellt, als der Kopf noch unvollendet und starr war. Und selbst auf dem Höhepunkte der Kunst blieb man bei dieser Harmonie aller Theile des Kunstwerkes stehen, ohne dem Kopf jene charakteristische Auszeichnung und verschiedene Darstellung zu geben, welche dort entstehen muß, wo die Kunst tiefer auf die Regungen der Seele, auf Empfindung und Stimmung eingeht. Das Vielgestaltige menschlicher Gesichtsbildung ist zu einem allgemeinen, typisch festgestellten Gepräge vereinfacht, und auch hier treten die Organe des Verstandes nur gleichberechtigt neben die, welche die sinnliche Genußfähigkeit ausdrücken. „Leise Abweichungen von dieser Form genügen, um die verschiedenen Schattirungen der darzustellenden Charaktere anzudeuten, um das Kraftvolle und das Zarte, das Männliche und das Weibliche, die aufblühende Jugend, die volle Reife und das Greisenalter auszudrücken. Auch hier bleibt die griechische Kunst in den Grenzen allgemeiner Charaktertypen stehen, ohne nach dem eigentlichen Individuellen zu streben. Sie begnügt sich mit dem Ausdruck des höchsten Herrschergeistes und Herrscherwillens im Zeus, der Erhabenheit der Frauenwürde in der Hera, der heroisch männlichen Kraft im Herakles, der jugendlichen Schönheit feinerer oder üppigerer Art in Apollo und Bachus, des vollendeten Liebreizes in der Aphrodite, der edeln, maßvollen Weisheit in Pallas Athene, der jungfräulichen Rüstigkeit in der Artemis, der menschlichen Gewandtheit und Verschlagenheit im Hermes und anderer ähnlicher Gestalten, in deren Reihe der Kreis menschlicher Charaktere und Eigenschaften in großen Zügen typisch festgestellt und mustergültig abgeschlossen war. Was darüber hinaus lag, ging auch zugleich über die hellenische Anschauung hinaus, und vollends wäre es dieser zuwider gewesen, im modernen Sinne Individuen darzustellen." *)

Mag nun aber auch in den angeführten und andern Darstellungen die künstlerische Form noch so correct und vollendet sein, je mehr die Kunst auf die Religion einging, von der sie doch ausgegangen war und in der sie nach dem Obigen ihre vorzüglichsten Objecte fand, desto mehr treten uns auch bei aller formellen Correctheit Gestalten entgegen, von denen sich jeder gebildete Schönheitssinn mit Abscheu zurückwenden muß. Dahin gehört die Allmutter Natur mit ihren tausend Brüsten, ein Menschhaupt mit Widderhörnern, ein Waldgott mit Bocksfüßen, ein trunkener Silen oder gar eine bärtige Venus. Mochten das Natursymbole sein, um irgend eine in der Natur liegende Kraft symbolisch darzustellen, so beweisen diese Darstellungen es doch, daß dieses Wühlen in der Natur nur finstere, dämonische Gestalten hervorgräbt, von denen sich alles Schönheitsgefühl abwendet, weil die wahre Schönheit und Kunst nach Oben, nach dem Lichte strebt.

b. Des christlichen Suprarationalismus.

Auch das Christenthum erkennt die mitgetheilte dualistische Weltanschauung als richtig an; auch nach christlicher Lehre gibt es eine natürliche (philosophische) Wahrheit, Tugend und Schönheit; dabei ist aber ursprünglich die ganze Schöpfung, Geist, Natur und Mensch, von Gott für ein über deren natürliche Befähigung hinaus liegendes, übernatürliches Ziel, zu einer übernatürlichen Verherrlichung und Verklärung so bestimmt, daß die Naturordnung selbst die Vorstufe für die qualitativ

---

*) Vgl. Lübke, Kunstgeschichte, S. 108 f.

von ihr verschiedene Gnadenordnung sein, letztere auf ersterer als ihrem Fundamente sich auferbauen sollte. Durch den Sündenfall ging nun diese übernatürliche Ordnung, insofern sie bereits ursprünglich dem Geiste in der heiligmachenden Gnade beigegeben war, verloren und drang sowohl in die Natur, als auch in den Geist selbst das Verderben der Sünde ein, in letzterem neben dem Schuldbewußtsein in Unwissenheit, Unruhe, Stolz und Sinnlichkeit, in der Natur in mannigfachen Erscheinungen der Corruption sich manifestirend. Die Erlösung verheißt uns nun im Christenthum und der Kirche nach geschehener Sündentilgung die Wiederherstellung der göttlichen Kindschaft und die einstige volle Verwirklichung des übernatürlichen Schöpfungszweckes, der für den Geist in der unmittelbaren Anschauung Gottes und einer entsprechenden Seligkeit, für den Leib und die Natur in einer übernatürlichen Verherrlichung und Verklärung besteht.

Erst mit dem Christenthume gelangte die Menschheit zum Vollbesitz der Wahrheit, zum tieferen Wesen des Guten und damit zur wahren und vollendeten Schönheit. Das Christenthum eröffnete zuerst das vollkommene Selbst-, Welt- und Gottesbewußtsein; es lehrt den wesentlichen Unterschied zwischen Geist und Natur, sowie die Bestimmung des Geistes über die niedere Natur zu herrschen, so daß nur in diesem Falle der Mensch in seiner wahren Würde dasteht. Den Zwiespalt zwischen der niederen und höheren Natur des Menschen, der im Alterthume wohl gefühlt, jedoch nicht in seinem Wesen erkannt, noch viel weniger überwunden wurde, lehrt das Christenthum durch Tilgung der Schuld, durch Erneuerung des inneren Menschen siegreich zu Ende führen. Damit richtet es den Blick des Menschen vom Aeußeren auf dessen Inneres, während er im Alterthume auf das Aeußere beschränkt geblieben war. Doch ist auch der Leib des Menschen das Ebenbild des Geistes und mit ihm zur künftigen Verklärung bestimmt. Dasselbe gilt von der ganzen sichtbaren Schöpfung, die nicht bloß von Gott aus nichts hervorgebracht ist und beständig erhalten und regiert wird, sondern auch jetzt schon mit dem menschlichen Leibe den übernatürlichen Verklärungskeim in sich trägt. Gott selbst, der in sich unendlich vollkommene, selige und reine Geist, hat so sehr die Welt geliebt, daß er seinen eingeborenen Sohn für sie dahingegeben, auf daß alle durch den heiligen Geist geheiligt werden können. — Aber auch eine neue sittliche Lebensaufgabe stellt das Christenthum. Die Grundlage derselben ist die Demuth, die das Alterthum so wenig kannte, daß es nicht einmal einen Namen dafür hatte. Auf ihrem Grunde erbaut sich das übernatürliche Gebäude der Tugenden des Glaubens, der Hoffnung, und der Gottes- und alle Menschen umfassenden Nächstenliebe auf. Das Leben selbst, die Uebung unserer Pflichten wird nur dadurch eine christliche, daß diese Tugenden die Form und Seele all unserer Pflichterfüllung werden. Aber auch materiell andere, höhere Anforderungen stellt das Christenthum an den Menschen und zu seinen Geboten fügt es noch für die Vollkommneren Räthe hinzu: aus Liebe zu Gott jeder Sinnenlust zu entsagen, im Leibe zu leben, als wäre man ohne Leib; alles zu verlassen und es den Armen zu geben, um Gott allein zu besitzen; selbst den Willen in vollkommnem Gehorsam dem Willen des Vorgesetzten zu unterwerfen. — Endlich tritt auch das Herz oder Gemüth des Menschen, welches im Alterthume durch das drückende Schuldbewußtsein, durch die ungewisse Aussicht auf die Zukunft, durch den beschränkten Blick der Menschen auf die menschliche Gesellschaft mehr zurückgetreten war, umgekehrt durch das Bewußtsein der versöhnten Gottheit, die selbst mit Liebe alle Menschen umfängt, durch die Aussicht auf eine künftige Vereinigung mit Gott, durch das Gebot der Liebe zur ganzen Menschheit in seine vollen Rechte ein und wird zugleich mit jener heiligen Gottesliebe erfüllt, die auch in der ganzen sichtbaren Schöpfung einen Ausdruck der göttlichen Liebe und Schönheit zu finden bemüht ist.

Trefflich drückt Hettinger *) die Anregung, die das Christenthum dem Herzen für Schönheit und Kunst gegeben, in den Worten aus: „Indem das Christenthum dem Blick des Geistes ein übersinnliches und überirdisches Reich bot, die ewigen Ideen Gottes groß, heilig und erhaben in den sichtbaren Gestalten Christi und seiner Heiligen vorführte, eine innere Welt mit all den reinen und gewaltigen Motiven, die das Menschenherz bewegen und erschüttern vom Schuldgefühl und Reueschmerz bis zum Jubel und dem frohlockenden Entzücken begnadigten Seelen, indem es über allem Zwiespalt und aller Noth des Lebens die Idee des Opfers und in dem Opfer und durch dasselbe die Hoffnung, Erlösung und Versöhnung aufleuchten ließ, um alles Erdenleid zu verklären, alles

<hr>

*) Apologie des Christenthums, B. 2. Abth. 3. S. 235.

Dulden zu vergöttlichen, indem es hinwies auf den Kampf zwischen himmlischen und irdischen, göttlichen und sündigen Mächten und so alle menschliche Entwickelung zur höchsten Bedeutsamkeit erhob, indem es der todten, stummen Natur Leben und Seele einhauchte, daß sie wie ein Heiligthum ward und eine Sprache des Göttlichen zum Menschen sprach, hat die Kunst im Bunde mit der Religion und von ihr mit Liebe gepflegt die schönsten Triumphe gefeiert."

Aus dem Gesagten geht nun hervor, daß das Christenthum auf den natürlichen Begriff des Schönen erweiternd, läuternd und vergeistigend wirkt, indem es 1) den Blick des Menschen erweitert und freier in eine höhere und geistige Welt hineinführt, ihn in einem neuen Lichte alle Verhältnisse anschauen läßt, 2) seinem Denken und Handeln, seinen Hoffnungen und Erwartungen übernatürliche Objecte und Motive bietet, damit 3) die Wünsche und Bedürfnisse des Herzens selbst läutert und verklärt und über das Gewöhnliche und natürlich Menschliche erhebt.

Doch gelten diese Wirkungen des Christenthums in Bezug auf das Schöne und die schöne Kunst nur da, wo 1) das natürliche Ebenbild des Menschen mit Gott, wenn es auch durch die Sünde geschwächt ist, doch als noch vorhanden angenommen wird, so daß 2) das qualitativ davon verschiedene übernatürliche auf dessen Grundlage aufgebaut werden kann. Der Protestantismus dagegen läßt die natürlich geistigen Kräfte durch den Sündenfall untergegangen sein; daher kann bei ihm vom Herzen, wie von einem Sinn für das Schöne und die schöne Kunst keine Rede sein. Auch die damit in Verbindung stehende Lehre von der sola fides, von der unsichtbaren Kirche, von der Verwerfung des Opfers und fünf Sacramenten, von der Heiligen- und Bilderverehrung mußte nothwendig die Kunst, soweit sie eine religiöse war, vernichten. Ebenso wenig kann aber auf dem Standpunkte jenes Rationalismus, der nicht einen qualitativen, sondern höchstens einen quantitativen Unterschied zwischen dem Natürlichen und Uebernatürlichen anerkennt, von einem specifisch christlich Schönen die Rede sein.

Fanden wir oben das Ideal der Schönheit in der vollkommenen Menschengestalt, weil in ihr auf die vollendetste Weise das Geistige in die sinnliche Erscheinung tritt, so kann für die christliche Schönheit kein Zweifel bestehen, daß sie, ihrem übernatürlichen Standpunkte entsprechend, ihr Ideal in Christus selbst zu suchen hat, den schon freilich in geistigem Sinne der Psalmist speciosus forma prae filiis hominum, diffusa est gratia in labiis tuis, nennt. Dieser Gedanke war schon in der ältesten Zeit des Christenthums so bekannt, daß sich schon damals die Sage bilden konnte, Christus sei auch körperlich der schönste unter den Menschen gewesen. In der That erscheint bei Christus die menschliche Natur in ihrer höchsten Vollendung. Sein Körper ist, wenn er auch alle Beschwerden des Erdenlebens auf sich nahm, in omnibus inventus ut homo, doch wenigstens den entstellenden Folgen der Sünde nicht unterworfen, also an sich schon in sofern reine Idealität. Seine menschliche Seele besitzt die schönste Harmonie der Temperamente, die bei uns nach ihrer Verschiedenheit verschieden, zum Theil entstellend auf den Körper wirken; sie ist frei von allen Leidenschaften, die die übrigen Sterblichen drängen und treiben. Dann besitzt er nicht die eine oder andere Tugend in einem höheren Grade, was allerdings auch bei den Heiligen veredelnd auf den Körper wirkt, sondern die Tugend im eminenten Sinne in ihrer vollen Herrlichkeit. Endlich, und darauf kommt es besonders an, war bei ihm die Gottheit hypostatisch mit dem Leibe wie mit der Seele verbunden. Mag auch der Heiland seine Gottheit für gewöhnlich unter der Hülle seiner Menschheit verborgen haben, so scheint doch eine eigenthümliche Anziehungskraft von ihm ausgegangen zu sein, die es uns neben seinen Wundern und seiner Lehre erklärlich macht, wie so zahlreiche Schaaren ihm stets folgten. Eine Ahnung von seiner übernatürlichen, göttlichen Schönheit und Herrlichkeit gibt uns der Herr bei seiner Verklärung auf dem Berge Thabor, wo „sein Angesicht leuchtete, wie die Sonne, seine Kleider glänzten, wie der Schnee," er überhaupt in himmlischer Majestät erschien. Die Darstellung der Evangelisten ist jedenfalls so, wie sie für die menschliche Sprache möglich ist; welchen Eindruck diese Verklärung aber auf die Apostel gemacht, geht aus den Worten des h. Johannes hervor, der noch am Abende seines Lebens schrieb: „Wir haben seine Herrlichkeit gesehen, wie die Herrlichkeit des Eingeborenen vom Vater, voll Gnade und Wahrheit." Joh. 1. Vgl. 2 Petr. 1, 16 ff.*) Dazu nehme man noch das Bild Christi als des verklärten Menschensohnes in seiner

---

*) Daß diese Verklärung Christi auch Gegenstand der christlichen Kunst werden würde, ist leicht einzuse[hen]. Nachdem schon Pietro Perogino dieselbe gemalt hatte, lieferte Raphael eine Darstellung derselben, von der V[asari]

Majestät zur Rechten des Vaters, in der er auch einstens wiederkommen wird zu richten die Leben=
digen und die Todten, um dann auch unseren nichtigen Leib zu verklären, auf daß er ähnlich werde
dem Leibe seiner Herrlichkeit. Vgl. Phil. 3. 21.

Sehen wir uns jetzt darnach um, wo und wie sich die spezifisch christliche Schönheit
offenbart.

Legten wir oben auf dem bloß natürlichen Standpunkte schon Gott die höchste Schönheit
bei, so ist die Idee, welche uns die Offenbarung über Gott gibt, eine bei weitem erhabenere. Außer
den Eigenschaften seiner unendlichen Allmacht, Weisheit, Gerechtigkeit und Liebe, die sie uns thetisch
und in vielen Beispielen vor Augen führt, zeigt sie uns auch das göttliche Leben selbst in der seli=
gen Dreiheit der Personen des Vaters, des Sohnes und des h. Geistes und läßt uns darin jenes
Geheimniß ahnen, in dessen Anschauung der Cherub und Seraph mit Wonne vertieft sind. Aller=
dings gebraucht die h. Schrift das Wort Schönheit von Gott nicht, wohl aus dem Grunde
nicht, um alle sinnliche Vorstellung von Gott fern zu halten; sie gebraucht statt dessen das Wort
Herrlichkeit in dem Sinne von Glanz, Pracht oder Majestät. Diese Herrlichkeit Gottes ist
aber so groß, daß kein Sterblicher das Angesicht Gottes sehen und leben kann. Vgl. 2 Mos. 33.
Die Heiden verwechselten diese Majestät des unvergänglichen Gottes mit den vierfüßigen, kriechenden
und fliegenden Thieren. Der Sohn ist nach dem Hebräerbrief der Abglanz der Herrlichkeit des
Vaters, das Ebenbild seines Wesens. Dieselbe Herrlichkeit, die auch Stephanus bei offenem Him=
mel erblickte, kommt ebenso dem h. Geiste zu nach 1 Petr. 4, 14. Von der Betrachtung dieser Herr=
lichkeit Gottes sind die Heiligen, wie ein h. Franz von Assisi, in ihren Betrachtungen ganz ver=
zückt, und der h. Augustinus ruft aus: „O ewige Schönheit, warum habe ich dich so spät geliebt!"
— Den für die Philosophie bloß problematischen Begriff einer reinen Geisterwelt erhebt die Offen=
barung zur Gewißheit. Und welch' erhabene Schönheit finden wir da nicht bei jedem einzelnen der
reinen Geister, die, bloße Vernunft, Freiheit und Selbstbewußtsein und außerdem mit dem über=
natürlichen Ebenbilde Gottes ausgestattet, stets von seinem Throne das dreimal Heilig singen und
seine Befehle zu erfüllen bereit sind! Trefflich schildert Hirscher*) die Gemeinschaft dieser himm=
lischen Geister: „Auch erscheint uns das Himmelreich als das Reich des Erhabenen und Schönen.
Erhaben ist die Idee eines urlebendigen, allschaffenden und alltragenden Geistes, dessen allumfassender
Einiger Gedanke und Wille in ein Universum dahin geoffenbart, von millionenmal Millionen Gei=
stern in freier Thätigkeit als eine heilige Ordnung festgehalten und ausgeführt wird. Schön ist die
Idee einer durch millionenmal Millionen von Herzen hindurchgehenden Liebe, millionenmal Millionen
Empfindungen und Thätigkeiten zu einer unendlichen Harmonie vereinigend und in zahllosen Krei=
sen und Ordnungen unendlich freudig, demuthsvoll und dankbar um die Eine Urliebe sich bewegend
— ein unendlich reicher Farbenbogen und Strahlenkranz um ihre Sonne." — Fanden wir oben
die engere und weitere Verbindung der Menschen als Familie und Staat schön, so tritt uns auf
dem Boden des Uebernatürlichen die Idee des Gottes= und Himmelreichs als wahrhaft erhaben
entgegen, vermöge deren alle, die mit Christus in Glauben und Liebe verbunden sind, als trium=
phirende, leidende und streitende Kirche wie die Glieder eines organischen Leibes mit Christus, ihrem
Haupte und unter einander in der innigsten Lebens= und Liebesgemeinschaft stehen.

Die christliche Schönheit tritt uns ferner in ihrer spezifisch eigenthümlichen Weise in der
christlichen Naturauffassung und in der Kunst entgegen.

Zunächst bestätigt uns die Offenbarung die natürliche Wahrheit von der Schöpfung durch
Gott, sowie von der durch ihn eingeführten und stets aufrecht erhaltenen schönen Ordnung der
Dinge. Nach jedem Tagewerk in der Genesis heißt es, daß, was Gott erschaffen hatte, gut ge=

---

keinen Anstand nimmt zu erklären, es sei die letzte Anstrengung einer Kunst, welche nicht mehr weiter habe gehen
können, daher denn auch das letzte Ziel der Malerei das Lebensziel des Malers gewesen sei. „Uns scheint, sagt Dip=
pel, Aesthetik S. 735, daß Raphael in diesem Bilde den Triumph des Geistes über die Natur zeichnen wollte. Man
sieht nämlich die Gestalt des Heilandes mit Moses und Elias in einer so natürlichen Bewegung schwebend, daß ge=
rade dieses Schweben wie etwas in der Kraft des Menschen von selber Ruhendes sich offenbart, welches sich als ver=
borgenes Vermögen in dem Menschen kundgibt, sobald das rechte Leben des Lichtes und der Freiheit in ihm mächtig
geworden ist." Ich möchte diese Darstellung lieber deuten auf die von der Gnade durchdrungene und verherrlichte
Natur, worin der Geist der vollkommene Beherrscher des ihm allseitig unterworfenen und auch selbst verklärten Leibes
sein wird.

*) Christliche Moral B. 1 S. 98.

wesen, und nach dem letzten: „Und Gott sah alles, was er gemacht hatte und es war sehr gut,“ d. h. es stand im Einklang mit seinen eigenen Ideen der Schönheit und Vollkommenheit, war ein sichtbarer Abdruck derselben. Dieselbe Ordnung und Harmonie der Schöpfung wird ausgesprochen und zugleich auf die sittliche Weltordnung bezogen Weish. 11, 21: „Du aber hast alles nach Maß, Zahl und Gewicht geordnet.“ Daher verweist auch der Heiland auf die Lilie des Feldes und sagt, daß Salomon in all seiner Pracht nicht so herrlich gekleidet gewesen, als eine von ihnen. Daher auch jene großartige und erhabene Naturpoesie in den Psalmen. Vgl. Pf. 29: „Die Himmel erzählen die Herrlichkeit Gottes und das Firmament verkündet die Werke seiner Hände. Ein Tag bringt dem andern die Kunde und eine Nacht verkündigt der andern das Wort.“ u. s. w. Auch das Verhältniß des Menschen zur Natur erscheint in der Offenbarung in seinem wahren Lichte; sie lehrt uns, daß die Natur dem Menschen als ihrem Haupte zum Beherrschen übergeben ist. Der Mensch ist ihr König und Herr und soll mit Bewußtsein und Freiheit in das Lob, daß sie ohne Bewußtsein ihrem Schöpfer spendet einstimmen. Ist die Natur aber das Eigenthum des Menschen, dann fühlt sich auch der letztere nicht von ihr abgestoßen, wie es im Alterthume vielfach der Fall war, sondern umgekehrt zu ihr hingezogen.*)

Allerdings findet nun der Mensch in der Natur viele Schönheit und Vollkommenheit, aber auch viele Unvollkommenheiten, Schäden, Schwächen und Mängel. Hat diese Betrachtung auf der einen Seite den Optimismus, auf der andern den Pessimismus, auf der dritten gänzliche Rathlosigkeit hervorgerufen, so gibt uns hier die Offenbarung Auskunft durch die Lehre, daß die Folgen der Sünde auch in die Natur eingedrungen sind, daß sie nicht mehr eine res integra ist, wie sie einstens aus der Hand ihres Schöpfers hervorging, daß aber die Natur dennoch, wie die menschliche Seele, wenn auch das Böse in sie eindrang, nicht aufgehört hat, Gottes Ebenbild zu sein, ein wenn auch in vielen Erscheinungen getrübter Spiegel der göttlichen Herrlichkeit ist. „Denn die Schöpfung ist der Eitelkeit unterworfen, nicht freiwillig, sondern um deßwillen, der sie unterworfen hat auf Hoffnung hin, weil auch selbst die Schöpfung von der Dienstbarkeit der Verderbtheit befreit werden wird, zur Freiheit der Herrlichkeit der Kinder Gottes. Denn wir wissen, daß alle Creatur seufzt und wie in Geburtsschmerzen liegt.“ Röm. 8, 20 ff.**)

Auf diesem religiösen Standpunkte verliert auch die düstere Seite der Natur ihr Widerliches für uns und ruft sogar höhere Gefühle in uns hervor. „Betrachten wir z. B. im Walde eine schlanke Glockenblume, die, in der Mitte geknickt, ihre reichen, noch frischen Blüthen zu Boden neigt. In ihrer holden Schönheit scheint sie noch bei ihrem Sterben zu lächeln: ein freundliches Bild der Vergänglichkeit. Noch deutlicher ist die Sprache, welche im Herbste das bei trübem Nebelwetter langsam von den Bäumen rieselnde Laub zu uns redet. Wenn wir in der Schlucht das Wasser dahinstürzen sehen, während das eintönige Gebrause wild und traurig in langgezogenem Tone darüber schwebt, werden wir in eine Stimmung versetzt, deren Erhabenheit von leisem Schauder oder auch von dunkeler Wehmuth durchbebt ist. Das rastlose Vorübereilen der Gewässer wirkt als Bild der Vergänglichkeit auf unsere Seele, wenngleich der berechnende Verstand sich dessen nicht bewußt wird und wir nicht ausdrücklich unter diesem Bilde an die Flüchtigkeit unseres eigenen Lebens denken. Dadurch aber, daß hier Blume und Herbstlaub und Strom uns an die Vergänglichkeit mahnen, treiben sie bald in zarter, bald in eindringlicher Weise unsere vor der Vernichtung zurückbebende Seele an, eine Stütze zu suchen, ein Gefühl, das, wenn auch unverstanden, ein Suchen nach Gott ist.“***)

Auf diesem christlichen Boden wird auch die Poesie vor jenem polytheistischen Wahne bewahrt, der überall die Natur mit jenen mythologischen Phantasiegebilden aus dem alten Griechenthum ausstatten zu müssen glaubt, was doch an sich reine Lüge und für die deutsche Gegenwart der reinste Anachronismus ist. Auch die Dichtung hat ihre Grenzen. Allerdings wird durch diese

---

*) Wie wenig uns eine Auffassung der Natur ohne diese höhere Idee, insbesondere ohne den Menschen befriedigen kann, zeigt trotz seiner lebendigen Schilderung der afrikanischen Natur der bekannte „Löwenritt“ von Freiligrath: ein Löwe hetzt eine Giraffe zu Tode, zerreißt und frißt sie schließlich, ein roher und wenig poetischer Stoff! Da muß denn auch in übertriebener und daher unschöner Weise die dämonische Seite der Natur herangezogen werden, wie bei Göthe im „Fischer“ und „Erlkönig.“

**) Diese Hoffnung und Sehnsucht der Natur nach Erlösung besingt herrlich Fr. von Schlegel in dem „Klagelied der Mutter Gottes.“

***) Berthold, Betrachtungen der Natur. S. 213.

Aufnahme der Mythologie die Auffassung der Natur eine lebendigere und phantasievollere. Denn, wie Schiller singt:

> „An der Liebe Busen sie zu drücken,
> Gab man höhern Adel der Natur,
> Alles wies den eingeweihten Blicken,
> Alles eines Gottes Spur."

Dasselbe jedoch erreicht in höherer Weise die christliche Poesie durch den Gedanken an die göttliche Vorsehung, Welterhaltung und Weltregierung. Man vergleiche mit jener an sich unwahren Poesie die feierliche Erhabenheit, in der uns Psalm 29 die Macht Jehovas im Gewitter vor Augen führt oder die Herrlichkeit Jehovas in seiner Offenbarung in Natur und Gesetz (Pf. 19), oder den Hymnus auf Jehova als Weltschöpfer in Pf. 104 und das Herz wird es Einem sofort sagen, daß hier allein Großartigkeit und erhabene Schönheit zu finden ist. Hat diese vermenschlichende Naturbetrachtung der Alten, wo „Diese Höhen füllten Dreaden," „Eine Dryas lebt' in jedem Baum," „Aus den Urnen lieblicher Najaden, Sprang der Ströme Silberschaum," zum Theil in einer kindlich naiven Auffassung der Natur ihren Ursprung, so regt die christliche Betrachtung der Natur noch wohlthuender Gefühl und Phantasie an, ja sie ist geradezu eine unerschöpfliche Quelle für Poesie und geistigen Genuß. „Wir leihen der Natur unsere Empfindung, sei es der Freude, Trauer, Liebe, Haß, Hoffnung oder Sehnsucht. Denn solche Empfindungen finden wir in den bald heitern, bald trüben, bald freundlichen, bald wilden Naturscenen ausgesprochen. Auch die einzelnen Naturdinge können uns als Ausdruck menschlicher Stimmungen, Tugenden und Zustände gelten. Die Eiche, die Cypresse, die Rose, die Lilie, die Nachtigall und unzählige andere Thiere und Gewächse sind als Symbole allgemein angenommen. — Durch eine solche vermenschlichende Auffassung wird die Natur uns vertrauter und zugleich auch schöner; sie spricht dann wie eine tiefsinnige Dichtung das Gefühl an." Berthold S. 197. Daß man jedoch hierbei nicht, wie es im Weltschmerz der neuern Zeit so oft der Fall ist, einer schwächlichen Sentimentalität huldige, davor bleibt man bewahrt, so lange man in der Natur die Offenbarung Gottes im Auge behält. Wie sie ihre Bilder zu höheren menschlichen Gefühlen leiht, zeigen uns die Psalmen, wo z. B. das trauliche Nest des Vogels im Laub versteckt mit Zartheit und Demuth als Bild der Ruhestätte eines nach Gott sich sehnenden Herzens (Pf. 83), oder der Baum am Bache als Bild des Gerechten (Pf. 1) erscheint.

Der Charakter der alten Germanen war ein durchaus herzlicher, gemüthlicher, daher auch die Natur mit Liebe umfangender. Wie unsere Urahnen das Thierepos geschaffen hatten, das nur auf einem Boden erwachsen konnte, wo sich der Mensch mit der Natur noch gleichsam verbunden fühlte, so wohnten auch noch zu Tacitus Zeit die alten Germanen auf einsamen Gehöften in der freien Natur und feierten in ihren heiligen Hainen und Eichenwäldern jenes geheimnißvolle Wesen, das nur die Ahnung erfaßt. Dieser Naturliebe kam später das Christenthum freundlich entgegen und erschuf als Nachahmung des himmelanstrebenden deutschen Eichenwaldes in der Baukunst jene gothischen Dome, bei denen die Pflanzenwelt überall in tiefsinniger Symbolik verwerthet ist. Ist schon hierdurch die Ansicht Lübkes widerlegt, welcher S. 280 von einer „naturfeindlichen Stellung, welche das Christenthum einnahm," spricht, so wird dieselbe noch mehr durch den Umstand zurückgewiesen, daß sich schon in der ersten Zeit des Christenthums ein Theil der edleren Menschheit in die Stille der Natur zurückzog, was bei der ganzen christlichen Naturauffassung nothwendig neue, bis dahin schlummernde Gefühle in der Tiefe der Menschenbrust erwecken mußte. Und so wurde denn im Gegensatze zum Alterthume bald ein Zeitalter vorbereitet, in dem neben dem Kunstschönen auch das Naturschöne zu seinem Rechte gelangte und welches an den Minnesängern seine Repräsentanten hat.

Um nun zur Darstellung des christlich Schönen in der Kunst überzugehen schicken wir den Gedanken voran, daß nach der Offenbarung auch die menschliche Darstellung des Schönen in der Kunst als göttliche Gabe erscheint. Gott erfüllte zu Moses' Zeit den Bezeleel und Oholiab mit seinem Geiste und gab ihnen „Weisheit, Verstand und Wissenschaft zu allem Werk, alles zu erdenken, was nach der Kunst gemacht werden kann von Gold und Silber und Erz, Marmor und edlem Gestein und unterschiedlichem Holze." 2 Mof. 31.

Das Christenthum sprach schon frühzeitig seine befreundete Stellung zum Schönen und zur Kunst aus. Sobald es nämlich seinen Sitz im Abendlande aufgeschlagen, um von da aus die Welt zu erobern und die Geister veredelnd zu durchdringen, erkannten die ersten Christen sofort die Nothwendigkeit, auch die Kunst in den Dienst der Kirche zu nehmen, nicht etwa bloß zum äußeren Schmuck und zur Zierde des Gottesdienstes, sondern vielmehr um in äußerlich sichtbarer Predigt auch dem der Schrift Unkundigen die neue Lehre in allen ihren Beziehungen, zugleich als Erfüllung der alt=testamentlichen Prophezeiungen anschaulich vor Augen zu stellen. Allerdings war in dieser Zeit des tiefsten Verfalls die Kunst so gesunken, verweltlicht und sinnlich, daß es nöthig war, die im frivolsten Götzendienst üppig gewordene Dirne einer scharfen Disciplin zu unterwerfen, um sie so allmählich dem Geiste des Christenthums dienstbar zu machen. Wer denkt hier nicht an das Gedicht Schlegels: „Der Bund der Kirche mit den Künsten?" So finden sich denn die ersten Spuren christlicher Kunst in den Katakomben zu Rom und zwar sofort die reichhaltigsten Quellen christlicher Symbolik, so daß man den neuen Geist, der in die Welt eingedrungen, das neue Prinzip des Schönen sogleich dort wiedererkennt. Adam und Eva, der Sündenfall, das Opfer Abels, die Arche Noes als Sinnbilder der Kirche, der Prophet Jonas als Symbol der Auferstehung, Daniel in der Löwengrube, die Taufe, Christus und die Apostel, die Schlüsselgewalt, die Auferweckung des Lazarus sind vielfach dargestellt. So passend auch die Gegenstände gewählt sind, so sieht man allerdings doch auch, daß die ausfüh=rende Hand sich noch nicht mit dem Gedanken zu identificiren wußte. Form und Ausdrucksweise sind der antiken Welt entnommen und in vielfach roher Weise auf christliche Gegenstände übertragen. Daß jedoch auch schon damals die christliche Malerei einen erfreulichen Anfang genommen hatte, sieht man aus den Worten de Rossi's über das Bild eines christlichen Martyrers aus der zweiten Hälfte des dritten Jahrhunderts: „Dieses Gemälde ist auch deßhalb in der christlichen Kunstgeschichte merk=würdig, weil der Künstler sich sichtbar Mühe gegeben hat, den Augen des Martyrers den Ausdruck eines unerschütterlichen Glaubens und ruhigen Vertrauens gegenüber den Drohungen des Richters zu geben." *) — So fand denn die christliche Kunst unter der liebevollsten Anregung von Seiten der Kirche immer größere Pflege und immer trefflicheres Gedeihen, was auch um so weniger fehlen konnte, als das katholisch=kirchliche Leben selbst ein schönes und zur Schönheit und Kunst anregendes ist. Man denke nur an die feierliche Erhabenheit des katholischen Gottesdienstes, wie er nicht bloß in den Kathedralen der Hauptstädte, sondern sogar in der kleinsten Dorfkirche gefeiert wird. Selbst Schiller preist denselben in der „Maria Stuart" in beredten Worten. Dazu kommen die verschie=denen Anregungen zum Schönen und zur Kunst im katholischen Familienleben, die insbesondere auf das jugendliche Herz einen so wohlthätigen Eindruck machen. Dahin gehören das Krippchen am Weihnachtsfeste, die Züge der Kleinen mit ihren bunten Fackeln am Martinsabend, die Bekränzung der Lam=bertussäule und der Tanz um die erleuchtete Säule und vieles andere. Mancher Künstler gestand es, daß die jugendlichen Eindrücke, welche diese und ähnliche Erscheinungen des katholischen Lebens auf ihn gemacht, ihm die erste Anregung zur Kunst gegeben haben.

Auf die Frage, was nun eigentlich christliche Schönheit in der Kunst ist, glauben wir ant=worten zu müssen: Es ist die Kirche, es ist das Christenthum selbst, wie es unmittelbar dem Herzen des Menschen mit seiner Wahrheit und Gnade wohlthuend und befriedigend entgegentritt, es ist die christliche Wahrheit und Tugend in entsprechenden Darstellungen ausgedrückt, wie auch Psalm 44, wo Christus V. 3 speciosus forma prae filiis hominum heißt, seine Braut, die Kirche. als Köni=gin neben ihm erscheint V. 10: Adstitit regina a dextris tuis in vestitu deaurato, circumdata varietate. V. 13: Omnis gloria ejus filiae regis ab intus. Diese letzten Worte charakterisiren am meisten die christliche Schönheit.

Schon gleich die erste aller Künste, die Poesie, zeigt uns in dieser Hinsicht die Verschiedenheit des Sin=nes bei den Alten und in der christlichen Zeit. Ist der Sinn der Alten auf das Sinnliche und Diesseits gerichtet und dadurch beschränkt, so tritt dagegen im Mittelalter und seiner christlichen Poesie das Geistige und Jenseitige in den Vordergrund und der Blick wird ins Unendliche erweitert; herrscht dort eine sinnlich klare Weltanschauung, wobei alles objectiv ist, so tritt hier eine geistige Welt= und Lebensanschauung in den Vordergrund. Ist ja selbst die Lyrik der Alten mehr objectiv und fast epischen Charakters, während die innere Welt der Gefühle erst in der christlichen Lyrik hervorgetreten ist. Auch die poetischen Motive sind bei den Alten sinnlicher Genuß, weltlicher Ruhm, in der christlichen Poesie Entsagung der Welt, Streben nach geistigem Genuß und Ruhm vor Gott, Demuth. Ist die klassische Poesie vor allem sinnlich klar, objectiv, formschön, so ist die romantische

---

*) Vgl. Kraus, die Kunst bei den alten Christen. S. 16.

übersinnlich, subjectiv, wunderbar, mystisch, symbolisch. Selbst die nationalen Sagen aus der heidnischen Zeit werden vom christlichen Geiste durchdrungen und nach ihm umgestaltet.*) Man vergegenwärtige sich das Epos Homers und Virgils und vergleiche damit einen Wolfram von Eschenbach — und der Unterschied zwischen klassischer und christlicher Poesie leuchtet sofort ein. „Mit überlegenem, starkem und tiefem Geiste, sagt Vilmar, ergriff Wolfram die Sage von dem Gral und von dem Artusritter Parcival, um ein Epos zu schaffen nicht der Thaten der Völker und der Begebenheiten ihrer Kriegsfahrten, nicht der Volksfreude und des Volksleides, sondern der Thaten des Geistes und der Begebenheiten der Seele, des Leides und der Freude des innern Menschen, ein Epos der höchsten Ideen von göttlichen und menschlichen Dingen: wie Welt und Geist gegen einander streiten, und Hochmuth und Demuth mit einander ringen.“ Auch die spätere deutsche Poesie, wo sie etwas in sich Abgeschlossenes und Vollendetes tiefern will, kann sich des christlichen Elementes, der christlichen Innerlichkeit und Versöhnung nicht entschlagen; wo sie dieses versucht, geht, wie Vilmar sagt, ein unversöhnter Zug durch unsere Poesie, gilt von ihr, was Göthe von seinem Helden nachweist:

> „Ihn sättigt keine Lust, ihm genügt kein Glück,
> So buhlt er fort nach wechselnden Gestalten.“

Dasselbe beweist uns die Erscheinung der Romantik. Man erkannte es nämlich, daß der bloße Naturalismus, mochte er sich als Idealismus Schillers oder als Realismus Göthes gestalten, auf die Dauer nicht befriedigen konnte; deßhalb griff man zu einem tieferen Lebenselemente, wie es die katholische Kirche und das Mittelalter boten, zurück.

Um nun der Kürze halber von der christlichen Baukunst, der Gothik insbesondere, die uns in ihren Domen die ganze natürliche und geoffenbarte Religion vor Augen führt und dem menschlich religiösen Gefühl allseitig, aber auch allein Genüge leistet, zu schweigen, so tritt uns erst in der christlichen Plastik der Ausdruck einer höheren geistigen Befähigung, namentlich in der Bildung des menschlichen Antlitzes entgegen. Den bestimmten Ausdruck einer sittlichen Tugend zeigt uns die antike Kunst nicht, wohl starke Leidenschaften. Sind die Köpfe im Alterthum, wie wir gesehen haben, fast alle in einer gewissen Allgemeinheit gehalten, so hat es die christliche Kunst verstanden, die feinsten Schattirungen geistiger Entwickelung, Demuth, Sehnsucht, Ergebung, Entzücken, die christlichen Tugenden, den inneren Frieden in scharfer Charakteristik wiederzugeben; auch Schmerz und Trauer, aber durch Hoffnung versöhnt, selbst die Extase fand durch sie ihre ergreifende Darstellung, wenn auch oft die äußere Form vernachlässigt ist.**) Man vergleiche einen Laokoon und Christus am Kreuze mit einander: jener bricht zusammen im hoffnungslosen Todeskampfe; dieser duldet noch Herberes, aber sein Schmerz ist verklärt im Opfer einer unendlichen Liebe und über die dunkele Leidensnacht geht der Tag der Versöhnung und des ewigen Friedens auf. Welch' ein Gegensatz zwischen Niobe, welche in namenlosem Weh versteinert dasitzt, weil die Rache der Göttin sie trifft, und der mater dolorosa in göttlicher Geduld und Ergebung! Ueber Achtermanns Kreuzabnahme, um an ein neueres Meisterwerk der Plastik zu erinnern, urtheilt ein der specifisch christlichen Kunst nicht eben freundlich gesinnter Artikel der Zeitschrift „Unsere Zeit“ (Jahrg. 10, Heft 6, S. 232) auf folgende Weise: „Christus, leicht getragen von Joseph von Arimathea und Johannes, während Maria, das Haupt Christi stützend, ihr Antlitz mit wehmüthiger Liebe an das seine lehnt; zu Füßen kniet Magdalena. So geht das Pathos der Liebe in allen Abstufungen, als Gottesliebe, als mitleidige Menschenliebe und als schmerzhafte Liebe der Gefallenen, als Lebensstrom durch die ganze Gruppe. In der Form sind alle harten Umrisse vermieden, eine einfache und doch aufgehobene Symmetrie bestimmt den Aufbau, das Einzelne ist groß gedacht und nirgends weichlicher Süßlichkeit oder übermäßigem Ausdruck des Affectes im Sinne der Naturalisten Zugeständnisse gemacht.“ Kann die griechische Kunst ein ähnliches Meisterwerk, bei dem Form und Inhalt zugleich in derselben Weise, wie bei diesem, das Herz des Menschen ansprechen, aufweisen? Derselbe Meister beschäftigt sich gegenwärtig mit einem Brustbilde des ecce homo, in dem der tiefste Schmerz zum Ausdruck kommen soll, so jedoch daß die Majestät der Gottheit hindurchschimmert, gewiß die kühnste und großartigste Conception, die ein Künstler erfassen kann. — Der Verfasser des eben angeführten Artikels aus „Unsere Zeit“ will für die Gegenwart die Rückkehr zur griechischen Plastik. „Nur ein Zeitalter, sagt er auf

---

*) Vgl. Wedewer, die Literatur und die christliche Jugendbildung.
**) Vgl. Veit, Ueber die christliche Kunst S. 17.

die Griechen hinweisend, das in den Kampf zwischen Natur und Kunst noch nicht eingetreten oder das dieser schon geschlichtet, und nur ein Volk, das durch glückliche, natürliche und intellectuelle Verhältnisse begünstigt, die menschliche Gestalt zur höchsten Schönheit bei sich heranreisen sieht, diese ehrt wie ein Göttliches und mit innerer Freude von ihr erfüllt wird, werden eine höhere Blüte der Plastik herbeizuführen vermögen." Mag es sein, daß die heitere Ruhe der griechischen Plastik den inneren Widerspruch der menschlichen Natur im allgemeinen nicht aufzeigt, obschon ein gewisser melancholischer Zug durch die ganze griechische Kunst geht: es ist einmal das innere Seelenleben, das Selbstbewußtsein in der christlichen Zeit zur lebendigen Erkenntniß dieses Widerspruches gekommen; zum Standpunkt der Griechen zurückkehren wollen heißt daher so viel, als wenn ein erwachsener Mensch zum unbefangenen Kindesalter zurückkehren wollte. Dann stellt aber auch das Christenthum diese getrübte Harmonie durch Freiheit, Gnade und Versöhnung wieder her; daher die himmlische Hoheit, den seligen Frieden in den Gestalten der Heiligen.

Von der christlichen Malerei endlich gilt im Gegensatz zu der nie zur Vollendung gekommenen griechischen das Wort des Dichters: „Sie brachte Blumen mit und Früchte, Gereift auf einer andern Flur, In einem andern Sonnenlichte, In einer glücklichern Natur." Erst dem christlichen Geiste eignet so zu sagen ein malerischer Charakter, während im Alterthume, wie wir gesehen haben, alle Kunst vom plastischen Prinzip durchdrungen war. Ging bei den Griechen die geistige Schönheit ganz in die sichtbare Körperlichkeit auf, so sucht die christliche Kunst die Seele selbst in ihrer geistigen Schönheit zum Ausdruck zu bringen. Diese aber, das Ueberirdische und Himmlische im Reize der Anmuth auszudrücken ist nur die Malerei befähigt. Als Ideal der griechischen Schönheit erkannten wir ferner den isolirten, für sich allein stehenden Menschen, der christliche Geist dagegen will eine Beziehung der einzelnen Menschen unter einander, zu Gott und der Geisterwelt, wie zur äußeren Natur. Das ist aber wesentlich malerisch und darum ist die Kunst des Christenthums die Malerei. Dazu kommt endlich noch die Steigerung und Veredlung des Gemüthslebens der Künstler in der Kirche, sowie die Darbietung einer Fülle der fruchtbarsten Gegenstände im Leben Christi und der Heiligen, im christlichen Dogma selbst.

Wir sehen somit, daß das Christenthum wie alle übrigen Gebiete des menschlichen Wissens und Daseins, so auch die Kunst veredelnd und verklärend durchdringt. Wie sich aber das Uebernatürliche nur auf dem Boden der Natur selbst auferbauen kann, so kann sich auch die christliche Schönheit und Kunst nur auf der Grundlage der natürlich=menschlichen — und hierin werden die Griechen ewig Muster bleiben — auferbauen. Damit ist die nothwendige Bedingung für die wahre Blüte der Kunst ausgesprochen.

Schul-Nachrichten.

1. Lehr-Verfassung.

Ober-Prima: Ordinarins: Oberlehrer Dr. theol. & phil. **Hillen.**

1. Religionslehre. a. Für die katholischen Schüler: Wiederholung der Kirchengeschichte; die Sitten=
lehre. 2 St. Hillen.
  b. Für die evangelischen Schüler: Kirchengeschichte 1. Thl. bis zu Carl d. Gr.; Evangelium
Johannis nach dem griech. Grundtext; Kirchenlied; Wiederholungen. 2 St. Mangelsdorf.
2. Deutsch. Nationalliteratur der neuern Zeit; Psychologie; Göthes Iphigenie und Schillers Braut
von Messina; Uebungen im Disponiren und Aufsätze. 3 St. Hillen.
  Themata zu den deutschen Aufsätzen: 1. Geringes ist oft die Wiege des Großen. 2.
Welche Folgen hatten die Eroberungen Alexanders d. Gr.? 3. Vilius argentum est auro, vir-
tutibus aurum. 4. Daß die Armut nicht ein so großes Uebel sei, als die Menschen glauben
(Classenarbeit). 5. Wie erscheint der Mensch unter der drohenden Gewalt der Natur? 6. Wel=
ches sind die natürlichen Gründe für den Glauben an die Unsterblichkeit der Seele? 7. Beschei=
denheit eine vorzügliche Zierde der Jugend. 8. Das wahre Glück liegt nicht außer uns, sondern
in uns.
3. Latein. Cic. Tusc. disp. l. I u. V.; Taciti Germ.; schriftl. Uebersetzungen; Extemporalien;
grammat. Wiederholungen; Synonyma; Sprechübungen. 6 St. Hillen. — Hor. od. l. I, II
u. III (theilw.) 2 St. Scherer.
  Themata zu den Aufsätzen: 1. Virtutem incolumem odimus, Sublatam ex oculis quae-
rimus invidi. 2. Conferantur inter se Leonidae et suorum ad Thermopylas interitus et
Fabiorum ad Cremeram clades. 3. Cur ex belli Trojani propugnatoribus Hector maxime
nos misericordia afficiat. 4. Quid Roma debuerit Scipionibus (Classenarbeit). 5. Cur Ho-
ratius Catonis nobile letum praedicaverit. 6. Quomodo Augustus ad principatum pervenerit.
7. Exponantur Tarquiniorum studia ad regnum recuperandum adhibita. 8. Ea data Romanis sors fuit, ut omnibus magnis bellis victi vincerent. 9. Exponantur studia et mores
Alcibiadis.
4. Griechisch. Soph. Oed. rex: Hom. Il. l. XIII, XIV, XVI, XVII, XXII; Xen. Cyr. (abschnittw.);
grammat. Wiederholungen. 6 St. Scherer (im Sommer 4 St. Nieberg).
5. Französisch. Histoire de Napoléon par Dumas (ed. Goebel); Iphigénie par Racine (theilw.);
schriftl. Uebersetzungen (alle 14 T. 1), Extemporalien. 2 St. Buerbaum.
6. Hebräisch. Wiederholung der Formenlehre; Syntax; Gelesen aus Gesenius Abschn. 5. a—g;
Aus dem poet. Theil d. Absch. 1—8, 11—13. 2 St. Hillen.
7. Geschichte und Geographie. Geschichte des Mittelalters nebst Wiederholungen aus der alten
und neuern Geschichte. Gelegentliche Wiederholungen aus der politischen Geographie Europas.
3 St. Huperz.

4 *

8. **Mathematik.** Stereometrie, Combinatorik; Wiederholung der ebenen Trigonometrie und einiger Theile der Elementarmathematik; schriftl. Arbeiten (alle 14 T. 1). 4 St. Rump.

9. **Physik.** Statik der festen, flüssigen und luftförmigen Körper. Einige Theile der Optik. 2 St. Rump.

Unter-Prima: Ordinarius: Professor Dr. Hüppe.

1. **Religionslehre.** Mit Ober-Prima.

2. **Deutsch.** Nationalliteratur bis 1624; Logik; Schillers Wilhelm Tell; Uebungen im Disponiren. 3 St. Scherer.

Themata zu den Aufsätzen: 1. Der Mensch ist Herr der Thiere. 2. Warum ist die Erinnerung an überstandene Mühen angenehm? 3. Carl der Gr. in Liedern vaterländischer Dichter. 4. Der Schlußgedanke der 34. Ode d. I. Buches des Horaz. 5. Die Elemente hassen das Gebild der Menschenhand. 6. Die Beschäftigung mit den Wissenschaften ein Trost und eine Zuflucht im Unglücke. 7. Ueber die Bedeutung des Meeres. 8. Das Leben ist der Güter höchstes nicht. 9. Catulus widerräth die Annahme der Manilischen Rogation. 10. Früh übt sich was ein Meister werden will. (Classenarbeit).

3. **Latein.** Cic. oratt. pro Murena, pro imperio Pomp., pro Milone; schriftl. Uebersetzungen (alle 14 T. 1); Aufsätze, Extemporalien, grammat. Wiederholungen. 6 St. Hüppe. Hor. (mit Iᵃ).

Themata zu den Aufsätzen: Domesticam virtutem bellica non esse inferiorem, Friderici magni exemplo probatur. 2. Athenae a Thrasybulo in libertatem vindicatae. 3. Bellum civile Sullanum narratur. 4. Arionis fabula narratur. 5. Hannibal post vitam cum summa gloria actam misere periit (Classenarb.) 6. Argumentum orationis a Cicerone pro imperio Pompeji habitae exponitur. 7. Quibus argumentis Demosthenes conatus sit, Atheniensibus persuadere, ut Olynthiis contra Philippum auxilio venirent. 8. Ex Romanis ii laudantur, qui pro salute publica morti sese devoverunt. 9. Themistocles Atheniensibus suadet, ut in naves se suaque conferant. 10. De Camillo (Classenarb.)

4. **Griechisch.** Xenoph. Cyr. (mit Ausw.), Demosth. Olynth. I—III u. 1. Philipp. Rede; Hom. Il. I—IV; schriftl. Ueberj. ins Griechische, Extemporalien, grammat. Wiederholungen. 6 St. Hüppe.

5. **Französisch.** Histoire de Frédéric le Grand par Paganel (ed. Goebel, theilw.) Grammatik; schriftl. Ueberj. (alle 14 T. 1), Extemporalien. 2 St. Buerbaum.

6. **Hebräisch.** Mit Ober-Prima.

7. **Geschichte und Geographie.** Mit Ober-Prima.

8. **Mathematik.** Die ebene Trigonometrie; die Progressionen; die Zinseszinsrechnung. Mehrfache Uebungen. Alle 14 T. 1 schriftl. Arbeit. 4 St. Rump.

9. **Physik.** Mit Ober-Prima.

Ober- und Unter-Secunda: Ordinarius: Gymnasiallehrer Dr. Huperz.

1. **Religionslehre.** a. Für die katholischen Schüler: Die Lehre von den Gnadenmitteln und von den Geboten. 2 St. Hillen. b. Für die evangelischen Schüler (seit Michaelis): Geschichte der Reformation; Bibelkunde des N. T.; Apostelgeschichte; Kirchenlied. 2 St. Mangelsdorf.

2. **Deutsch.** Rhetorik; „Hermann und Dorothea" von Göthe und einzelne Balladen von Schiller und Göthe; Vortragsübungen und Aufsätze. 2 St. Huperz.

Themata zu den Aufsätzen: 1. Inhaltsangabe des Gedichtes „der Taucher" von Schiller. 2. „Der Taucher" von Schiller und „der Handschuh" — ein Vergleich. 3. Die Vorgeschichten in „Hermann und Dorothea". 4. Charakteristik des Wirtes zum goldenen Löwen in „Hermann und Dorothea". 5. Kaufmann und Landwirt. 6. Arion und Ibykus. 7. Der Kampf mit dem Drachen. 8. Heinrich I., der Begründer des deutschen Reiches. 9. Das häusliche Leben der alten

Aegypter. 10. Des Themistokles Verdienste um sein Vaterland. 11. Das Leben eine Reise. 12. Müßiggang ist des Teufels Ruhebank (Chrie). 13. Drei Ziele kenne ich, die gewaltig sind.

3. Latein. Cic. Cato maj., Liv. l. XXI; Syntax §. 356—556 (Tempora, Modi, der zusammen= gesetzte Satz, Wortstellung), schriftl. Uebersetzungen (alle 8 T. 1), Extemporalien, Sprechübungen. 7 St. Huperz. — Virg. Aen. l. I—III, Prosodie, metrische Uebungen. 3 St. Im Som.=Sem. Scherer, im W.=S. Beckel.

Themata zu den lateinischen Aufsätzen der IIa: 1. Senectutem non esse miseram. 2. Unus homo nobis cunctando restituit rem. 3. De Cimonis in patriam meritis.

4. Griechisch. Xen. Anab. l. II c. 1—6, Herod. l. II (abschnittw.); Syntax §. 459—543 (Tem= pora, Modi, Infinitiv); schriftl. Uebersetzungen (alle 14 T. 1.), Extemporalien. 4 St. Lenfers. — Hom. Od. l. I—III; Homer. Dialekt. 2 St. Im Som.=Sem. Scherer, im W.=S. Beckel.

5. Französisch. Hommes illustres par Rollin (ed. Goebel) p. 1—65; Grammatik Lect. 39—50; schriftl. Uebersetzungen (alle 14 T. 1), Extemporalien. 2 St. Buerbaum.

6. Hebräisch. Die Elemente der Formenbildung, das Verbum. Gelesen aus Gesenius Absch. 1, 2, 3.

7. Geschichte und Geographie. Alte Geschichte des Orients und der Griechen nebst einschlägiger Geographie. Nach Wiederholung der topischen die politische Geographie der außereuropäischen Länder. 3 St. Lenfers.

8. Mathematik. Flächeninhalt und Aehnlichkeit gradliniger Figuren; der Kreis. Wiederholung der Gleichungen 1 Grades. Alle 14 T. eine schriftl. Arbeit. 4 St. Rump.

9. Naturlehre. Physikalische Geographie. 1 St. Rump.

Ober- und Unter-Tertia: Ordinarius: Gymnasiallehrer Dr. Lenfers.

Religionslehre. a. Für die katholischen Schüler: Sacramenten= und Sittenlehre. 2 St. Bacho= ven von Echt. b. Für die evangelischen Schüler: vacat.

2. Deutsch. Der Satzbau, insbes. die Periode; Wortbildung; Tropen; Synonyme; Lectüre aus dem Lesebuche, Aufsätze (alle 14 T. 1). Vortragsübungen. 2 St. Lenfers.

3. Latein. Caes. de bell. Gall. l. VI u. VII; Syntax §. 356—534, 256—280 (Tempora, Modi, der zusammenges. Satz, Accus. mit dem Infin.); schriftl. Ueber. (wöchentl. 1), Extemporalien. 7 St. Lenfers. — Ovid Met. I, 1—312, 348—415. II, 1—328. III, 1—137, 528—76, 701—733. IV, 267—312, 432—662, metr. Uebungen. 3 St. Hillen.

4. Griechisch. IIIa: Xen. Anab. l. II—III, Hom. Od. l. I, 1—100 (auch memorirt). Die ganze Formenlehre; schriftl. Uebersetzungen (alle 14 T. 1), Extemporalien. 6 St. Hüppe. IIIb: Formenlehre bis zu den Verben in μι, schriftl. und mündl. Uebersetzung aus dem Uebungsbuche, Extemporalien, Vocabellernen. 6 St. Lenfers.

5. Französisch. Die unregelm. Zeitwörter, Schulgramm. Lect. 1—25, Syntactisches gelegentl.; schriftl. Uebersetzungen (alle 14 T. 1). 2 St. Bachoven von Echt.

6. Geschichte. Deutsche Geschichte von 1648—1815 mit besonderer Hervorhebung der branden= burg.=preußischen Geschichte. 2 St. Im S.=S. Nieberg, im W.=S. Beckel.

7. Geographie. Die außerdeutschen Länder Europas. 1 St. Im S.=S. Nieberg, im W.=S. Beckel.

8. Mathematik. Die Eigenschaften des Dreiecks und Vierecks. Flächeninhalt gradliniger Figuren. Wöchentl. 1 schriftl. Arbeit. 3 St. Rump.

9. Naturgeschichte. Allgemeine Botanik, einzelne Pflanzen; Uebersicht über die gesammten Natur= wissenschaften, Eintheilung des Thierreiches; Erdwärme, vulkanische Erscheinungen, Veränderungen an der Erdoberfläche. 2 St. Buerbaum.

Quarta: Ordinarius: Oberlehrer Buerbaum.

1. Religionslehre. a. Für die katholischen Schüler: Uebersicht der Glaubens= und Sitten= lehre nach dem Katechismus. 2 St. Bachoven von Echt.

b. Für die evangelischen Schüler: Biblische Geschichte des A. T., Wiederholungen aus dem N. T.; Reformationsgeschichte; der Katechismus ganz; Kirchenlieder. 2 St. **Mangelsdorf.**

2. **Deutsch.** Der zusammengesetzte Satz, Periode; Orthographie und Interpunktionslehre; Lectüre aus dem Lesebuche; Vortragsübungen, schriftl. Exercitien (wöch. 1). 2 St. **Buerbaum.**

3. **Latein.** Corn. Nep. (1—7 einschl.); die Casuslehre; Uebersetzung aus der Grammatik und dem Uebungsbuche; schriftl. Uebersetzungen (wöch. 2), Extemporalien. 8 St. **Buerbaum.** — Phaedr. fab. 25 (theilw. memorirt). 2. St. **Huperz,** zeitw. **Hohoff.**

4. **Griechisch.** Formenlehre bis zu den verb. mut. (§. 1—272), Uebersetzung aus dem Uebungsbuche, Vocabellernen (§. 1—32); schriftl. Uebersetzungen (alle 14 T. 1). 4 St. **Huperz.**

5. **Französisch.** Aus dem Elementarbuche Lect. 40—80; das regelm. Verbum u. einige unregelm.; Vocabellernen; schriftl. Uebersetzungen (alle 14 T. 1). 2 St. **Bachoven von Echt.**

6. **Geschichte.** Geschichte der Griechen und Römer. 2 St. **Huperz,** im W.-S. **Hohoff.**

7. **Geographie.** Die politische Geographie der außereuropäischen Länder. 1 St. **Huperz,** im W.-S. **Hohoff.**

8. **Mathematik.** Die Decimalbrüche; das Quadriren der Zahlen, Ausziehen der Quadratwurzel. Anfangsgründe der Geometrie: Winkel, Parallelen, Dreieck. Alle 14 T. 1 schriftl. Arbeit. 3 St. **Rump.**

9. **Naturgeschichte.** Botanik: einzelne Pflanzen, Benennung ihrer Theile. Zoologie: einzelne Thiere mit Hervorhebung der Gattungsmerkmale. 2 St. **Buerbaum.**

Quinta: Ordinarius: Oberlehrer **Bachoven von Echt.**

1. **Religionslehre.** a. Für die katholischen Schüler: Uebersicht der Glaubens- und Sittenlehre nach dem Katechismus; bibl. Geschichte des N. T. 3 St. **Bachoven von Echt.** b. Für die evangelischen Schüler: Bibl. Geschichten des A. T., Festgeschichten aus dem N. T.; Katechismus I—III. Hauptstück; Kirchenlieder. 2 St. **Mangelsdorf.**

2. **Deutsch.** Der einfache erweiterte Satz und der zusammengesetzte Satz in seinen Grundzügen, Wiederholungen aus der Formenlehre; Orthographie und Interpunctionslehre; Lesen und Nacherzählen aus dem Lesebuche, Memoriren von Gedichten; schriftl. Arbeiten (wöch. 1—2). Im S.-S. **Jürgens,** im W.-S. **Hohoff.**

3. **Latein.** Wiederholung der regelm. Formenlehre, die unregelm. Verba, das Adverb, die Präpositionen (§ 1—246); Uebersetzen aus der Grammat. und dem Uebungsbuche (§ 72—110); Syntax (§ 26—66); schriftl. Uebersetzungen (wöch. 2). 10 St. **Bachoven von Echt**

4. **Französisch.** Aus dem Elementarbuch Lection 1—37; Leseübungen, Vocabellernen. Wöchentl. 1 schriftl. Uebersetzung. 3 St. **Bachoven von Echt.**

5. **Geographie.** Grundbegriffe, die topische Geographie Europas, Kartenzeichnen. 2 St. Im S.-S. **Nieberg,** im W.-S. **Beckel.**

6. **Rechnen.** Wiederholung der gewöhnlichen Bruchrechnung und der Zeitrechnung; Decimalbrüche; die gewöhnlichen bürgerlichen Rechnungsarten: der gerade und der ungerade Dreisatz. Kopf- und Tafelrechnen. Wöch. 1 schriftl. Arbeit. 3 St. Im S.-S. **Jürgens,** im W.-S. **Hohoff.**

7. **Naturgeschichte.** Vögel, ihre Eintheilung; einzelne Vögel und Säugethiere. 2 St. **Buerbaum.**

Sexta: Ordinarius: Im S.-S. Gymnasiallehrer **Nieberg,** im W.-S. Dr. **Beckel.**

1. **Religionslehre.** Mit Quinta.

2. **Deutsch.** Der einfache Satz, Redetheile, Präpositionen. Orthographische Uebungen. Lesen aus dem Lesebuche, Uebungen im Nacherzählen und Deklamiren. Schriftl. häusl. Exercitien (wöch. 1). 2 St. Im S.-S. **Nieberg,** im W.-S. **Beckel.**

3. **Latein.** Die regelmäßige Formenlehre; Uebersetzung mit dem Uebungsbuche, Vocabellernen, wöch. 2 häusl. schriftl. Uebersetzungen. 10 St. Im S.-S. **Nieberg,** im W.-S. **Beckel.**

4. **Geographie.** Die Grundbegriffe, die Oceane, die topische Geographie der 5 Erdtheile. Kartenzeichnen. 2 St. Im S.-S. **Nieberg,** im W.-S. **Beckel.**

5. **Rechnen.** Die vier Species in unbenannten und benannten ganzen Zahlen; Zeitrechnung; gewöhnliche Bruchrechnung. Kopf- und Tafelrechnen. Wöch. 1 häusl. Arbeit. 4 St. Im S.-S. Jürgens, im W.-S. Hohoff.

6. **Naturgeschichte.** Mit Quinta.

Technische Fertigkeiten.

1. **Schönschreiben.** In Quinta und Sexta: Die deutsche und lateinische Schrift in geordneter Folge mit Benutzung der Heuzeschen Schönschreibehefte. 3 St. Im S.-S. Jürgens, im W.-S. Hohoff.

2. **Zeichnen.** Stufenmäßig geordneter Unterricht in Sexta, Quinta, Quarta, zus. 6 St. Weiter fortbildender (nicht obligatorischer) Unterricht für Schüler der mittleren und oberen Klassen (1 St. für I., 2 St. für II. und 1 St. für III.) An diesem nahmen 21 Schüler Theil (aus I. 2, aus II. 7, aus III. 12). Im S.-S. Jürgens, im W.-S. Hohoff.

3. **Singen.** Theoretisch-praktischer Unterricht in Sexta, Quinta, Quarta. 1 St. Vorübungen für die 1. und 2. Stimme (Schüler der VI. und III.) zum Vortrage gemischter Chorgesänge 1 St. Uebungen des aus Schülern der obern Klassen gebildeten Männerstimmen-Chores. 2 St. Im S.-S. Jürgens, im W.-S. Huperz.

4. **Gymnastische Uebungen.** Die Uebungen wurden im Sommer an 2 Abenden der Woche geleitet von den H. H. Dr. Huperz und Rieberg; letzterer führte auch die Aufsicht beim Baden und während der Schwimmübungen der Schüler, welche bei günstigem Wetter an 4 andern Abenden der Woche stattfanden. — Dispensirt waren vom Turnen auf Grund ärztlicher Atteste 10 Schüler (von 156 im Sommersem.)

Verzeichniß der eingeführten Lehrbücher:

1. **Religionslehre.** a. Katholische: Dubelmann, Leitfaden für den katholischen Religionsunterricht (in III—I), Overberg, Katechismus (in IV), Kellermann, Katechismus der christkatholischen Lehre und Geschichte des A. und N. T. (Auszug aus Overbergs Katech. und bibl. Gesch.) in V u. VI. — b. evangelische: Hollenberg, Hülfsbuch für den evang. Religionsunterricht (für III—I), Zahn, biblische Geschichte des A. u. N. T.

2. **Deutsch.** Deycks, Deutsches Lesebuch für die oberen Classen höherer Schulen (in I u. II); Linnig, Deutsches Lesebuch, 2. Thl. (in III), 1. Thl. (in IV—VI); Hüppe, Geschichte der deutschen Nationalliteratur; Rumpel, philos. Propädeutik.

3. **Latein.** Middendorf u. Grüter, latein. Schulgrammatik 1. u. 2. Abth.; Ferd. Schultz, Uebungsbuch (in VI. u. V); Ferd. Schultz, Aufgabensammlung (in IV u. III).

4. **Griechisch.** Schnorbusch u. Scherer, griech. Sprachlehre, Rost u. Wüstemann, Anleitung zum Uebersetzen 2. Thl. (in II); Scherer u. Schnorbusch, griech. Uebungsbuch (in III u. IV).

5. **Französisch.** Plötz, Schulgrammatik (in III—I); Plötz, Elementarbuch (in IV u. V).

6. **Hebräisch.** Vosen, kurze Anleitung; Gesenius, Lesebuch.

7. **Geschichte u. Geographie.** Pütz, Grundriß (in I u. II); Welter, Weltgeschichte (in III u. IV); Pütz, Leitfaden der brandenb.-preuß. Geschichte (in III); Rieberding, Leitfaden.

8. **Mathematik u. Rechnen.** Rump, Lehrbuch der ebenen Geometrie (in II—IV); Stein, Rechenbücher (in V u. VI).

9. **Physik u. Naturbeschreibung.** Koppe, Physik; Schilling, kl. Schul-Naturgeschichte.

10. **Gesang.** Koch, Liedersammlung.

2. Verfügungen des Königl. Provinzial-Schul-Collegiums.

1. **Münster**, Verf. v. 9. Mai 1876. Mittheilung eines Ministerial-Erlasses v. 29. April, betr. Veranlassung von jüngeren Lehrern von Aufsichtswegen zur Absolvirung des Turnkursus in der Königlichen Central-Turnanstalt zu Berlin.

2. Verf. vom 13. Mai 1876. Mittheilung eines Ministerial-Erlasses v. 8. Mai, nach welchem die Erfahrungen und Beobachtungen in Betreff der schriftlichen Religionsprüfung zu erörtern sind.

3. Verf. v. 13. Mai 1876. Empfiehlt zur Anschaffung für Schülerbibliotheken „Deutschland im Liede" (Paderborn 1876) von dem Berichterstatter.

4. Verf. v. 10. Juni 1876. Enthält Anordnungen zur Vermeidung von Unterschleifen bei der schriftlichen Abiturientenprüfung.

5. Verf. v. 3. Juli 1876. Mittheilung eines Ministerial-Erlasses v. 29. Juni, durch welchen fortan in jedem Jahre eine dreimalige Censur-Ertheilung in allen Classen angeordnet wird und zwar zu Ostern, Michaelis und Weihnachten; außerdem soll unfleißigen und schwachen Schülern nach Lage der Sache vor den Sommerferien eine schriftliche Mahnung ertheilt werden, die nach den Ferien, mit der Unterschrift der Eltern versehen, dem Classenlehrer bez. dem Director wieder einzuhändigen ist.

6. Verf. v. 4. Juli 1876. Mittheilung eines Ministerial-Erlasses v. 20. Juni, nach welchem die deutschen Lesebücher von Bone außer Gebrauch zu setzen sind.

7. Verf. v. 6. Juli 1876. Mittheilung eines Minist.-Erlasses v. 30. Juni, welcher die Aufnahme der von einer andern höheren Schule abgegangenen Schüler hinsichtlich des Abgangszeugnisses und der Aufnahmeprüfung regelt.

8. Verf. v. 15. Juli 1876. Mittheilung eines Minist.-Erlasses v. 30. Juni, durch welchen auf die Luchs'schen culturhistorischen Wandtafeln aufmerksam gemacht wird.

9. Verf. v. 29. September 1876. Weist Directoren und Lehrercollegien an, gegen die strafbaren sog. „Verbindungen" von Schülern mit ihren studentischen Abzeichen und ihren mit Trinkgelagen verbundenen Zusammenkünften als ein „die Disciplin der Schule untergrabendes und den Fortgang der Studien störendes Unwesen mit aller Strenge einzuschreiten."

10. Verf. v. 29. September 1876. Zur Theilnahme an den üblichen Classenprüfungen sind auch die Eltern der betreffenden Schüler berechtigt und sind deshalb durch die Schüler von den Prüfungsterminen rechtzeitig in Kenntniß zu setzen.

11. Verf. v. 16. October 1876. Genehmigt die beantragte Einführung der deutschen Lesebücher von Linnig, bez. für die oberen Classen des Lesebuchs von Deycks.

12. Verf. v. 21. October 1876. Macht auf die Westfalen betreffenden Tobienschen Schriften (Elberfeld) aufmerksam.

13. Verf. v. 11. December 1876. Empfiehlt für Schülerbibliotheken die Dr. S. W. Glogerschen Vogelschutzschriften (Berlin).

3. Chronik der Anstalt.

1. Das Schuljahr begann am 27. April v. Js.

2. Aus dem Lehrercollegium schied nach $2\frac{1}{2}$ jähriger Wirksamkeit an hiesiger Anstalt mit dem Beginne des Wintersemesters der ordentliche Lehrer Herr Heinrich Nieberg aus, indem derselbe zum Rector des Progymnasiums zu Rietberg berufen wurde. Wir haben den Abgang des geachteten Lehrers und lieben Collegen aufrichtig bedauert und unsere besten Wünsche folgen ihm in seinen neuen Wirkungskreis.

3. Die durch den Austritt p. Niebergs erledigte unterste Lehrerstelle wurde dem Herrn Dr. Beckel aus Münster commissarisch übertragen und von diesem am 9. October v. Js. angetreten.

4. Der Elementarlehrer des Gymnasiums Herr Jürgens wurde zur Theilnahme an einem 6 monatlichen Turnkursus in der Königlichen Central-Turnanstalt zu Berlin für die Dauer des

Wintersemesters beurlaubt. Seine Stunden übernahm gegen Vergütung zum größten Theile der Schulamts=Candidat Herr Hohoff aus Recklinghausen, welcher am 20. August v. Is. das gesetz= liche Probejahr am hiesigen Gymnasium angetreten hat.

5. Der Fürsorge der vorgesetzten Behörden hat die Anstalt auch im abgelaufenen Schuljahr sich wieder zu erfreuen gehabt, indem durch Erlaß des Herrn Ministers der geistlichen pp. Ange= legenheiten v. 9. März v. Is. zur Bemalung und Decorirung der Aula 347 Mk. bewilligt wurden, welche Summe auf den Bautitel der Anstalt übernommen worden ist; ebenso ist durch Erlaß des Herrn Ministers v. 6. December v. Is. der Bau einer Turnhalle genehmigt worden und wird dem= nächst in Angriff genommen werden.

6. Am Feste Christi Himmelfahrt feierten 14 Schüler (aus V, IV u. III) ihre erste h. Com= munion, zu welcher sie durch den Herrn Oberlehrer Bachoven von Echt vorbereitet worden waren.

7. Im Wintersemester hielten der Berichterstatter und die Herren pp. Dr. Hüppe, Dr. Hillen, Oberlehrer Bachoven von Echt, Dr. Huperz und Dr. Beckel, welchen in freundlicher Weise Herr Kreisrichter Müller sich anschloß, einen Cyclus von wissenschaftlichen Vorträgen, welche zahlreich besucht waren und deren Erlös (359 Mk.) zu einer milden Stiftung für das Gymnasium verwandt werden soll.

8. Die vorgeschriebenen Classenprüfungen wurden am 18. 25. u. 31. Januar, am 3. u. 21. Februar und am 2. März abgehalten.

9. Der Sedantag wurde vom Gymnasium durch eine Festrede, welche Herr Dr. Huperz hielt, und durch den Vortrag passender Gesänge und Gedichte gefeiert; ebenso ist das Geburts= fest Sr. Majestät unseres allergnädigsten Kaisers und Königs in üblicher Weise durch einen Gottesdienst in der Gymnasialkirche und demnächst durch einen Schulact in der geschmückten Aula gefeiert worden; die Festrede an diesem Tage hielt Herr Dr. Lenfers.

4. Vermehrung der Lehrmittel durch Schenkungen.

A. An die Gymnasial=Bibliothek schenkten:

1. Das Ministerium der geistl. pp. Angelegenheiten: Kuhn, Zeitschr. f. vergl. Sprachforschung Bd. XXIII, 2—4. H. — Zeitschr. f. deutsch. Alterth. Bd. VII H. 3 u. 4 u. Bd. VIII H. 1—4.

2. Prof. Rump: Jahrbücher der Verbreitung des Glaubens, 1874 u. 75.

3. Kreis=Schulinspector Koch in Meschede: M. Antonii Mureti oratt. Lipsiae 1623.

4. Buchhändler Schöningh: Linnig, deutsches Lesebuch 1. u. 2. Thl. in je 5 Exempl.

5. Buchhändler Bädeker (Leipzig): Deycks, deutsches Lesebuch in 2 Exempl.

6. Buchhändler B. Wittneven: Hinrichs Bücherverzeichniß 1875 II u. 1876 I.

7. Abiturient Sassé: Ramshorn, lat. Grammat., Schneider, griech.=deutsch. Wörterbuch, Rost, deutsch=griech. Wörterb. Vegas Logarithmen, Rost u. Wüstemanns Anleitung u. Atlas der alten Welt.

B. An das Naturalien=Cabinet schenkten:

1. Herr Schulze Ueding 2 Petrefacten.

2. Herr L. von Hamm einen Thurmfalken (falco tinnunculus).

3. Der Sextaner B. Horstmann 2 Exemplare des kleinen Sumpfhuhnes (ortygometra mi= nuta) nebst Glaskasten.

4. Der Tertianer Kaloff eine Lach=Möve (larus ridibundus).

5. Der Primaner Fr. Kolck einen Zwergreiher (ardea minuta).

6. Der Tertianer Fr. Schmees einen Steinkauz (strix noctua).

7. Der Quartaner C. Schmees eine Schildamsel (turdus torquatus) und einen Gimpel (pyrrhula rubricilla).

8. Der Secundaner Sildhaus und der Quintaner v. Schütz je 1 Hühnerhabicht (astur palumbarius).

9. Der Secundaner Engelstadt mehrere ausgestopfte Vögel in 3 Kasten (schöne Exempl.)

10. Der Sextaner Hinricher desgl. in einem Kasten.

C. An die Münz=Sammlung schenkte:

Herr Pfarrer Heynck in Rheda 52 Coesfelder Stadtmünzen (aus d. J. 1578, 1617, 50, 91, 98, 1708, 13).

Lehrer und Vertheilung der Stunden im Schuljahre 1876—77.

Lehrer.	Ia.	Ib.	IIa.	IIb.	IIIa.	IIIb.	IV.	V.	VI.	Sa. der Stunden
1. Dr. Scherer, Director.	2 Griech.	3 Teutsch 2 Latein	3 Latein 2 Griech.							12
2. Professor Rump, 1. Oberlehrer.	4 Math.	4 Math. 2 Physik.	4 Math. 1 math. Geographie.		3. Math.		3 Math.			21
3. Professor Dr. Hüppe, 2. Oberlehrer, Ordinarius in Ib.		6 Latein 6 Griech.			6 Griech.					18
4. Dr. th. & ph. Hitten, 3. Oberlehrer und Rector der Gymnasialkirche, Ordinarius in Ia.	3 Teutsch 6 Latein 2 Religion 2 Hebräisch		2 Religion 2 Hebräisch		3 Latein					20
5. Oberlehrer Buerbaum, Ordinarius in IV.	2 Franz.	2 Franz.	2 Franz.		2 Naturk.		2 Teutsch 8 Latein 2 Naturk.	2 Naturk.		22
6. Oberlehrer Bachoven von Echt, Ordinarius in V.					2 Religion 2 Franz.		2 Religion 2 Franz.	3 Religion 3 Franz. 10 Latein		24
7. Gymnasiallehrer Dr. Huperz, Ordinarius in II.	3 Gesch.		2 Teutsch 7 Latein				2 Gesch. 1 Geogr. 4 Griech. 2 Latein			21
8. Gymnasiallehrer Dr. Lenfers, Ordinarius in III.			4 Griech. 3 Gesch.		2 Teutsch 7 Latein	6 Griech.				22
9. Gymnasiallehrer Nieberg, Ordinarius in VI. im Winter-Semester Dr. Beckel.	1 Griech.				3 Gesch.			2 Geogr.	2 Teutsch 10 Latein 2 Geogr.	23
10. Gymnasial-Elementarlehrer Jürgens.	2 Gesang 3 Zeichnen				1 Zeichn.		1 Gesang 2 Zeichnen	1 Gesang 2 Zeichnen 3 Rechnen 2 Teutsch 3 Schönschreiben	3 Zeichnen 4 Rechnen	26
11. Evang. Pfarrer u. Hofprediger Mangelsdorf.		2 Religion		2 Religion			2 Religion	2 Religion		8
12. Candidat Hohoff.						3 Geschicht.*	2 Latein.* 3 Gesch. u. Geogr.	2 Latein*		7

Bemerkung. Die mit * bezeichneten Stunden waren dem Herrn Candidaten als Probestunden während des Sommer-Semesters übertragen; im Winter-Semester übernahm derselbe den Unterricht des Herrn Jürgens mit Ausnahme der Gesangstunden. Diese übernahm Herr rc. Huperz und gab dafür die Geschichtsstunden in IV. an Herrn Hohoff ab. Die 4 Griech. in Ia. übernahm im Winter-Semester der Direktor und gab die 3 Latein und 2 Griech. in II. an Herrn rc. Beckel ab.

5. Statistische Uebersicht.

1. Eine Uebersicht des Lehrer-Collegs gibt die beigefügte Tabelle.
2. Die Schülerfrequenz am Schlusse des vorigen Schuljahres betrug 116. Im laufenden Schuljahre besuchten die Anstalt überhaupt 173 Schüler, nämlich die

I.	II.	III.	IV.	V.	VI.
51	39	26	21	17	19

Von diesen waren katholisch 163, evangelisch 9, jüdisch 1; einheimische waren 81, auswärtige 92.

Während des Schuljahres gingen ab: zu andern Lehranstalten 4, zu anderer Beschäftigung 19 mit dem Zeugnisse der Reife wurden entlassen 20, ausgeschlossen wurden 2 — zusammen 45.

3. Das Schulgeld ist 12 Schülern wegen Dürftigkeit vom Gymnasial-Curatorium erlassen worden.

4. Die nach dem Ministerial-Erlaß vom 29. Februar 1872 bedingungsweise zulässige Dispensation vom Religionsunterrichte der Schule ist für keinen Schüler nachgesucht worden.

6. Abiturienten-Prüfung.

Zu der Abiturienten-Prüfung des **Herbsttermins** waren 14 Oberprimaner angemeldet; die mündliche Prüfung fand unter dem Vorsitze des Herrn Provinzial-Schulraths Dr. **Probst** am 11. September statt. Das Zeugniß der Reife erhielten 13. Zu der Prüfung des **Ostertermins** waren 10 Oberprimaner angemeldet: 2 traten von der mündlichen Prüfung zurück, 7 wurden in der am 23. Februar unter dem Vorsitze desselben Königlichen Commissars abgehaltenen mündlichen Prüfung für reif erklärt.

Die Namen der mit dem Zeugnisse der Reife entlassenen Abiturienten sind:

a. Herbst 1876.

Vor- und Zunamen.	Geburts-Ort.	Alter. Jahre.	Confession.	War in Prima.	Studium.	Ort.
1. *Alterauge, Friedr.,	Drolshagen,	$19^1/_4$	kathol.	2	Theologie,	Münster.
2. Böckenhoff, Aloys,	Erle,	$21^3/_4$	"	3	Bergfach),	
3. *Bremer, Theod.,	Dormagen,	22	"	2	Chemie,	Aachen.
4. Buerbaum, Emil,	Coesfeld,	$20^1/_2$	"	2	Technik,	
5. *Drießen, Clemens,	Aalten (Holland),	19	"	2	Jura,	Leipzig.
6. *Kauffmann, Jos.,	Olpe,	$18^3/_4$	"	2	Baufach),	Aachen.
7. *Müller, A. Jos.,	Apweiler,	$21^1/_2$	"	2	Theologie,	
8. *Sassé, Ludw.,	Cöln.	$18^1/_4$	"	2	Jura,	Bonn.
9. Schaefer, Carl,	Wenings,	19	"	2	Jura,	Heidelberg.
10. Schreurs, Joh.,	Straelen,	19	"	2	Theologie,	Münster.
11. DeWeldige-Cremer, Fr.J.,	Dorsten,	$18^1/_4$	"	2	Kaufmannsf.	
12. Willmes, Adam,	Heinnicke,	$19^1/_2$	"	2	Jura,	Leipzig.
13. Wurm, Carl,	Wenden,	$18^3/_4$	"	2	Medicin,	Würzburg.

b. Ostern 1877.

Vor- und Zunamen.	Geburts-Ort.	Alter. Jahre.	Confession.	War in Prima.	Studium.	Ort.
1. *Dües, Bernh.,	Ahaus,	$18^1/_2$	kathol.	2	Philologie,	Münster.
2. Heix, Joh.,	Borth,	$18^3/_4$	"	$2^1/_2$	Jura.	Bonn.
3. Hüning, Bernh.,	Kirchsp. Coesfeld,	$20^1/_4$	"	2	Theologie,	Münster.
4. Kebertet, Heinr.,	Viersen,	$21^1/_4$	"	3	Medicin,	Würzburg.
5. *Roth, Arnold,	Tülken,	$20^1/_2$	"	2	Theologie,	Würzburg.
6. Küllertz, Jak.,	Greffrath,	$20^1/_4$	"	$2^1/_2$	Postfach),	
7. Ronge, Jos.,	Olpe,	$19^1/_4$	"	3	Postfach),	

Die mit einem * bezeichneten Abiturienten wurden von der mündlichen Prüfung dispensirt.

Außerdem wurden im Herbsttermine 3 Externe geprüft; davon erhielten 2 das Zeugniß der Reife: Th. Bönnemann aus Bochum, $20^1/_2$ J. alt, katholisch, und Fr. Schonlau aus Gesseke $21^1/_4$ J. alt, katholisch. Der erstere studirt Medicin, der zweite Philologie. — Ebenso wurden im Ostertermine 2 Externe geprüft und für reif erklärt: Ew. Eller aus Beyenburg, $22^1/_2$ J. alt, kathol., und Jos. Peveling aus Datteln 25 J. alt, kathol. Der erstere studirt Theologie, der andere Mathematik und Naturwissenschaften.

Die Themata zu den schriftlichen Prüfungsarbeiten waren:

1. Herbst 1876: a. Deutscher Aufsatz: Wie unterscheidet sich der wahre Freund vom Schmeichler? (Abit.) — Ueber die Folgen der Zerstörung Carthagos. (Ext.) b. Lateinischer Aufsatz: De Marii rebus gestis. (Abit.) — Quanta fide Hannibal jus jurandum patri datum servaverit. (Ext.) c. Mathemat. Aufgaben (Abit.) 1. Wie groß ist der Werth einer 14 Jahre lang Ende jedes Jahres zahlbaren Rente von 975 Mk., wenn der Zinsfuß zu $4\frac{1}{4}\%$ angenommen wird? 2. Bei einem Dreiecke ist eine Seite a $= 6{,}48^{dm}$, der gegenüberliegende Winkel a $= 71^0$ 46' 28'' und ein anliegender Winkel $\beta = 64^0$ 53' 16''; bei einem zweiten Dreiecke ist eine Seite m $= 5{,}62^{dm}$ und ein anliegender Winkel $\varphi = 69^0$ 18' 42''. Wie groß muß die zweite den Winkel φ bildende Seite sein, wenn beide Dreiecke gleichen Inhalt haben? 3. Ein Dreieck zu construiren, von welchem eine Seite, der gegenüberliegende Dreieckswinkel und die eine zweite Seite halbirende Transversale gegeben sind. 4. Es sei in dem bei B rechtwinkeligen Dreiecke ABC, bei welchem die Kathete BC doppelt so groß als die Kathete AB ist, letztere in D halbirt, dann aus D DE $\perp$ BC gezogen und auch D mit C verbunden. Hierauf denke man sich die Figur um AB gewälzt. Wie verhält sich a) die von AE beschriebene Fläche zu der von EC beschriebenen? b) wie der vom $\triangle$ ADE beschriebene Körper zu dem von EDBC beschriebenen?

2. Frühjahr 1877: a. Deutscher Aufsatz: Woher kommt es, daß das Verdienst großer Männer richtiger von der Nachwelt als von den Zeitgenossen beurtheilt wird? (Abit.) — Durch welche Tugenden haben sich die alten Römer besonders ausgezeichnet? (Ext.) b. Lateinischer Aufsatz: De Cicerone optime de civibus merito (Abit.) — Ante mortem neminem beatum esse multa exempla docent (Ext.) c. Mathemat. Aufgaben (Abit.): 1. Aus einem cylinderförmigen Stück Blei, welches $27{,}4^{cm}$ im Durchmesser hat und $7{,}8^{cm}$ hoch ist, sollen 3 Kugeln gegossen werden, von denen die 2te einen doppelt so großen Durchmesser als die 1te hat und die 3te einen doppelt so großen als die 2te. Wie groß muß der Durchmesser der ersten Kugel genommen werden, wenn man für das Umschmelzen 1% in Hundert Verlust rechnet? 2. Von einem Dreieck sind die drei Seiten gegeben, nämlich a $= 7{,}48^m$, b $= 9{,}62^m$, c $= 6{,}86^m$. Wie groß ist der Radius eines Kreises, der mit dem Dreiecke gleichen Inhalt hat? 3. Ein Dreieck zu construiren, von dem eine Seite, die dieselbe halbirende Transversale und der Winkel gegeben ist, welchen die eine zweite Seite halbirende Transversale mit der dritten Seite bildet (ohne Determ.) 4. Bei einem schiefen Kegel ist der Radius der Grundfläche $26{,}4^{cm}$, die Axe $43{,}7^{cm}$ und letztere neigt sich unter einem Winkel von 82^0 34' 46'' gegen die Grundfläche. Wie groß ist der Radius einer Kugel, die mit dem Kegel gleichen Inhalt hat?

7. Oeffentliche Prüfung und Schluß.

1. Die öffentlichen Prüfungen finden in der Aula des Gymnasiums statt Montag den 26. März, vormittags von 9—12 Uhr.

2. Die öffentliche Schlußfeier findet am Nachmittage des 26. März, von 3 Uhr an, mit Gesang, Rede und Declamation statt und es werden bei dieser Gelegenheit die Abiturienten entlassen.

3. Der Schlußgottesdienst wird am 27. März, morgens um $7\frac{1}{2}$ Uhr in der Gymnasialkirche gehalten. Nach demselben werden den Schülern in der Gymnasialaula die Censuren ausgehändigt und die Versetzungen bekannt gemacht.

Nachricht.

Das neue Schuljahr wird Donnerstag den 12. April, morgens um 8 Uhr mit einem Gottesdienste in der Gymnasialkirche eröffnet. Neu eintretende Schüler sind an den beiden vorhergehenden Tagen durch die Eltern oder deren Stellvertreter unter Beibringung der nöthigen Schulzeugnisse bei dem Unterzeichneten anzumelden. Für die Aufnahme ist auch die Beibringung eines Impf- bez. Revaccinationsattestes (nach Min.-Verf. v. 31. October 1871) erforderlich.

Coesfeld, den 23. März 1877.

Der Gymnasial-Director
Dr. Scherer.